ATRIUM

Michael Ziegelwagner

Café Anschluß

Als Österreicher unter Deutschen

Atrium Verlag · Zürich

Für Patricia

Sämtliche Österreicher in diesem Buch sind frei erfunden. Die Deutschen hingegen gibt es wirklich. Das ist ein Gedanke, an den man sich erst gewöhnen muß.

INHALT

ERSTES KAPITEL

Der Österreicher, ein knappes Gut. Eine Zugfahrt von Wien nach Frankfurt. Deutsche Menschen, deutsche Bäume. Eine Dame liebt Österreich und versteht nicht, wie man nach Deutschland ziehen kann. Sie hat recht.

Brauchen wir Deutschland?

Nein.

Wir brauchen auch Tschechien nicht unbedingt. Uns fehlt die Slowakei nicht zu unserem Glück, und wir können mit Italien wenig anfangen. Nicht einmal das Land hinter dem Bindestrich von Österreich-, -Ungarn, vermissen wir besonders schmerzlich. Auch den Balkan benötigen wir nicht, im Gegenteil, er stört uns sogar ein bißchen mehr als die anderen Staaten, weil er unseren historisch gewohnten Zugang zum Mittelmeer blockiert – aber dieses Problem ließe sich schon mit einem schmalen Streifen asphaltierten österreichischen Staatsgebiets quer durch Slowenien lösen, als Dankesgeste der Slowenen, die wir 2004 in die EU gelassen haben. Die Schweiz hängt nur mit einem Zipfel an Österreich, und Liechtenstein ist zu klein, um unangenehm aufzufallen. Es läßt sich behaupten, daß wir mit den meisten unserer Nachbarstaaten gut auskommen. Ein Land nur, ein einziges, bleibt uns fremd: der riesenhafte, unheimliche Staatsklotz im Norden.

In Deutschland leben Deutsche. Was sind Deutsche? Deutsche treten in verschiedenen Ausformungen auf, als Rheinländer, als Ostdeutsche, als Hanseaten und manchmal als Bayern. Eine Sonderform stellt der Baden-Württemberger dar, den man tunlichst nicht als Württemberger oder als Badener, als Westfranken oder Pfälzer und noch weniger als Süddeutschen, Alemannen oder Schwaben bezeichnen sollte, weil er, egal aus welchem Teil Baden-Württembergs er kommt, sich in jedem Fall falsch eingeordnet und gekränkt fühlen wird.

Was aber verbindet all diese Deutschen? Sie sind, man muß es sagen, laut; lauter als andere Menschen. Der Rheinländer lacht laut, der Ostdeutsche nörgelt laut, der Bayer schimpft laut. Der Hanseat ist auf eine laute Art zurückhaltend. Sie sind kontaktfreudig: Sie sprechen einen an, auch wenn man nur der Nachbar am Nebentisch ist und, erkennbar beschäftigt, nichts anderes mitzuteilen hat als »Danke, schmeckt gut«. Deutsche können sehr direkt sein – und, wenn man sich als Österreicher zu erkennen gibt, in zwei Sätzen von der Speisekarte zu Adolf Hitler überleiten (dessen Herrschaft sie, im Unterschied zu den Österreichern, nämlich vorbildlich »verarbeitet« und »bewältigt« haben, warum also nicht darüber reden?).

Klischees? Mag sein. Gegen das Klischee ist gar nichts zu sagen, erspart es doch aufwendiges Nachforschen. Jede gründliche Recherche hat als Ziel immer nur das Aneignen, und der edle Wilde kann sich erst über das Klischee erheben, wenn er dem Recherchierenden als Spiegel seiner selbst dient – im Fremden will jener stets mit Gewalt das Vertraute entdecken. Wenn ich im Klischee verharre, anerkenne ich das Fremde als das Eigenständige. Meine Vorurteile sind Ausdruck des Respekts.

Ich sitze im Zug, auf einer siebenstündigen Fahrt von Wien nach Frankfurt, und schlafe. Als Österreicher bin ich einer von acht Millionen, und bald zum ersten Mal von den übrigen 7.999.999 getrennt. Dafür erwarten mich zweiundachtzig Millionen Deutsche. Das sind zehnmal so viele Deutsche wie Österreicher – von denen sich außerdem jeder einzelne für zehnmal so wichtig hält. Soll er ruhig. Ich weiß: Wichtig ist, was selten vorkommt. Selten sind der Koh-i-Noor, der Apollofalter, die Stachelsporige Mäandertrüffel und der Österreicher. Weniger selten sind der Kieselstein, die Stubenfliege, die Brennessel und der Deutsche. Wird 1 Liter Säure unbedeutend, wenn man ihn vor dem Ausschenken mit 10 Litern (deutschem) Mineralwasser aufgießt? Der Österreicher ist ein knappes Gut, und als solches verfügt er über dementsprechend seltene Gaben: seine weltberühmte Höflichkeit, sein diplomatisches Geschick und seine natürliche Überlegenheit gegenüber Deutschen. Weil man aber eher zehn Deutschen begegnet als einem Österreicher, ist es nicht nur höflich, sondern auch diplomatisch geschickt, diese zehn Deutschen seine Überlegenheit nicht spüren zu lassen. Vor allem dann nicht, wenn man sich in Deutschland befindet.

Wie gesagt: Ich schlafe. Seit zehn Minuten oder seit zwei Stunden? Kurz vor Linz bin ich noch wach gewesen, jetzt weckt mich ein lauter Pfiff. Das Buch, in dem ich vor dem Einschlafen gelesen und das ich bis jetzt vors Gesicht gehalten habe, fällt mir aus den Händen. Ich wische mir die Schlaftränen aus den Augen, dann hole ich es mit der Schuhspitze unter dem gegenüberliegenden Sitz hervor. Ob ich schon in Deutschland bin? Oder noch in Österreich? Ich sehe aus dem Fenster, draußen schlingert der Wald vorbei. Es ist ein schöner, grüner, unauffällig aussehender Wald. Wie alle Wälder, die ich kenne, besteht er aus Bäumen. Doch sind es österreichische Bäume? Oder deutsche? Versteckt die zarte junge Linde / Ihr Deutsches unter freundlich-frischer Rinde? / Tarnt diese Tanne deutsches Holz? Und wirkt / Ihr unschuldiges Weiß nicht so, als ob die Birk' verbirgt / Was in ihr steckt? Was führt der Wald im Sinne? / Wohnt seinen Kronen deutsches Wesen inne? Wer weiß. Ich schüttle mir die Reime aus dem Kopf und suche den Blick des Fahrgastes schräg gegenüber. Er ist Deutscher, das habe ich beim Einsteigen gehört. Wenn ich ihn streng ansehe, denke ich, und er meinem Blick standhält – dann sind wir in Deutschland. Wenn sein Blick ängstlich ist oder er die Augen ergeben niederschlägt – dann sind wir noch in Oberösterreich, dann gehört das Land vor dem Zugfenster mir. Ich blicke streng. Mein Mitpassagier blickt gar nicht, er hat die Augen geschlossen und schläft. Er muß sich sehr sicher fühlen. Oder stellt er sich schlafend? Aus Vorsicht?

Die Abteiltür öffnet sich mit einem Schnaufen. Eine runde, dunkelblaue alte Dame erscheint an der Schwelle, greift nach der nächsten Kopfstütze des nächstbesten Sitzes und hält sich daran fest. Ihr Gesicht ist rot und freundlich. Sie kämpft sich bis zu mir durch und läßt sich in meinen Nebensitz fallen. Als sie wieder zu Atem kommt, streift sie mit zwei possierlichen Fersentritten ihre Schuhe ab und lehnt sich zurück.

Ich wende meinen Blick ab und sehe wieder aus dem Fenster, in den eventuell bayerischen Wald, und widme mich meinem möglichen Heimweh. Mein liebes Oberösterreich, ist es dahin? Vorbei? Verschlafen? Warum bin ich nicht wach geblieben, ich hätte Abschied nehmen können! Wenn das da draußen Bayern ist, dann fehlt mir Oberösterreich – fehlt mir sozusagen auf Verdacht, und das, obwohl ich nie dort gewohnt habe: das schöne Linz, das schöne Wels, das schöne Mühlviertel oder Mehlviertel oder wie es heißt … und auch dem Tiroler fühle ich mich plötzlich nah, jetzt, wo ich ihm fern bin; spüre sein Unbehagen, eingezwickt in seinem dünnen Bundeslandwurm zwischen Italienern und Deutschen … den Kärntner begreife ich, bedroht von slawischen Partisanen und deutschen Touristen … Steirer, Salzburger, Vorarlberger, Burgenländer, sie alle tummeln sich auf einmal in meiner Brust, lassen sie seufzend und aufschluchzend sich blähen, pumpen Bregenzer, St. Pöltner, Wiener durch mich hindurch, und ich beginne, den Wald da draußen zu verfluchen, der immer grüner anschwillt, ein finsteres deutsches Gehölz, dessen Wurzeln heimlich Richtung Österreich tasten; das die Grenze untergräbt, sich in die österreichische Erde wühlt und sich durch die Sargwände in die österreichischen Toten krallt … doch wer weiß, vielleicht sind es gar keine deutschen Bäume da draußen, sondern heimische, die nur blühen und austreiben wollen und zu friedlichen oberösterreichischen Tischen heranwachsen, zu sanften österreichischen Sesseln …

Die alte Dame spiegelt sich im Fenster, und ich bemerke, wie sie mich beim Beobachten beobachtet. Ahnt sie etwas? Spürt sie meine Sorge, mein innerliches Hinundherschwanken? Sie atmet mehrmals tief ein, mit geöffneten Lippen. Sie traut sich nicht, mich anzusprechen – auf deutsch? Auf österreichisch? Und endlich halte ich es nicht mehr aus, draußen den Wald zu haben, drinnen die atmende Frau; ich bitte sie, mich aufstehen und in den Speisewagen gehen zu lassen, worauf sie noch einmal tief Luft holt und feststellt: *»Sie sind aus Österreich!«* –

– und es knackt, und eine Stimme von oben heißt mich an Bord der Deutschen Bahn herzlich willkommen, »ganz besonders« gelte dieses Willkommen »unseren österreichischen Mitreisenden« –

– und mein Handy fiept und begrüßt mich im deutschen Netz, in das ich jetzt endgültig gegangen bin –

– und ich sinke, schon halb erhoben, in meinen Sitz zurück, zerbrochen, erloschen: Ja, ich bin in Deutschland, ja, ich reise unterm deutschen Zugführer, ja, ich sitze neben einer deutschen Passagierin, und die lehnt sich zufrieden zurück und kreuzt ihre rosa bestrumpften Beine, glücklich, weil sie sich endlich getraut hat, ein langes und ermüdendes Gespräch zu beginnen.

»Ich sehe so was nämlich immer gleich, wenn einer aus Österreich ist, junger Mann – die haben nämlich so etwas Künstlerisches!« Das liege an meinen Locken, sagt sie und streckt zwei Finger nach ihnen aus. (Sie zu berühren, wagt sie noch nicht. Ich wäre eh zu schwach zur Abwehr.) »Wissen Sie, an wen Sie mich erinnern? An diesen großen österreichischen Komponisten, mit seinen wilden, virtuosen ...« (Ihre Finger zucken.) »Aber nicht, daß Sie jetzt denken: Mozart! Nein, die Frisur von Mozart kenne ich, ich meine den anderen, den tragischen, Sie wissen schon ... ich komm gleich drauf ... ach ja, genau, Beethoven!« Und zur Belohnung nimmt sie eine meiner Haarsträhnen zwischen die zwirbelnden Finger, während sie ablenkend fragt: »Kommen Sie denn direkt aus Wien?«

»Ja«, sage ich.

Das stimmt übrigens nicht. Ich komme aus St. Pölten in Niederösterreich, in Wien habe ich nur die letzten drei Jahre verbracht, aber so etwas ist für Deutsche zu kompliziert. Da müßte ich ihnen erklären, daß Niederösterreich ein ostösterreichisches Bundesland ist, rund um Wien herum, und es zum besseren Verständnis mit Brandenburg vergleichen, das sich um Berlin ausbreitet; und dann müßte ich ihnen noch erklären, wo Brandenburg liegt und daß es sich dabei um ein großes und relativ neues deutsches Bundesland handelt.

»Wien«, sagt die alte Dame und läßt meine zurückschnellende Locke los, »eine tolle Stadt! Die Musik! Und die Berge! Und der kleine Mozart-Amadeus aus Salzburg! Und die schönen Kaffeehäuser! Und das Café Sacher, das Lieblingscafé der Wiener, wo es die gute Sachertorte gibt und die Sacherwürstchen …«

»Würschtl«, sage ich ungehört.

»… und die herrlichen Wiener Mehlspeisen! Wollen Sie meine Theorie hören? Dieses gute Essen bei Ihnen, das hat mit der Musik zu tun! Denn: so süß und zart wie der Mozart, so sind auch Ihre Mehlspeisen in Wien! Glauben Sie nicht? Sachertorte! Apfelstrudel! Eiernockerl! Das klingt ja selbst schon wie Musik. Für solche Mehlspeisen sind wir in Deutschland viel zu schwerblütig, wir können so etwas nicht richtig zubereiten. Wir können so etwas ja nicht einmal essen, ohne diese typische Wiener Grandezza. Glauben Sie, Richard Wagner hätte die Mozartkugel erfinden können? Niemals! Zu Richard Wagner kann man gar nichts Süßes essen, da paßt eigentlich nur eine anständige Schweinshaxe oder irgendetwas, das man mit raumgreifenden Bewegungen und mit großem Besteck zerlegt! Und das man mit Pathos salzen muß!«

Ich muß ihr recht geben, ob sie es hört oder nicht.

Sie holt tief Luft: Dieses Schwebende und Schwingende, das sei eben nichts für die Deutschen, »tut mir leid, da sind wir zu verkopft« – dazu brauche es eine unschuldige Seele, ein kindliches Gemüt, ein Wiener Herz, kein deutsches Hirn ...

Wobei, andererseits, Sigmund Freud »mit seiner Psyche«, erklärt sie, das sei natürlich die Schattenseite des Ganzen: unsere Friedhöfe und Zentralfriedhöfe und unsere Weinkeller und unser Unterbewußtsein, diese makabre Ader, die wir da hätten, daß wir so in den Tod verliebt seien – »Also, mich gruselt's da immer, wenn ich dran denke« –, unser Prater mit der Geisterbahn und der Qualtinger und die beklemmenden Filme, die man da immer von uns sehe auf *3sat* – »Ich schalt das weg, ich kann das nicht sehen!« sagt sie –, und ob ich wisse, daß es in der Eskimosprache über tausend Wörter für »Schnee« gebe? Und sie glaube, daß wir Österreicher bestimmt hundert Wörter fürs Sterben hätten – »Ich hab mir da mal einen Spaß gemacht, verzeihen Sie, und in einem dieser Filme auf *3sat* die verschiedenen Ausdrücke gezählt, wie ging das noch gleich: a Bankerl umschmeißen, an Holzpyjama anziehen, die Radieschen zusammenessen, die Pantofferln von unten anschauen ...« –, und sie habe ja früher immer Thomas Bernhard gelesen, »diesen österreichischen Todeserotiker«, der so einen »Strudel an Abgründigkeit« durch seine langen Sätze in indirekter Rede erzeuge, und ich sage: Ja, indirekte Rede, das würden österreichische Autoren gerne machen, um ihre Texte nach Literatur klingen zu lassen. Aber, meint sie, nun solle ich einmal etwas von mir erzählen. Wohin gehe denn die Zugfahrt?

»Nach Frankfurt«.

»Ach, Frankfurt! Wie schön, die Goethestadt! Das Klein-Manhattan, die Apfelweinkneipen, die vielen Bankerln im Bankerlviertel ...«

»Ja, aber die Mieten sind eher hoch, oder?«

»Mieten?« Sie ist verwirrt. »Sie meinen, daß die Mieten für die Frankfurter hoch sind, die dort wohnen?« Sie begreift: »Was, Sie meinen, daß *Sie* in Frankfurt ...« Verwirrung und Begreifen fließen zusammen und erstarren zu Bestürzung: »Als Wiener? Als Österreicher wollen Sie in Frankfurt ... auf Dauer? Sie meinen ... unter Deutschen?«

Über Deutschen, muß es natürlich heißen! Aber will ich das tatsächlich? Stunden später, als die alte Dame längst ausgestiegen ist, kommen mir Zweifel. Deutschland ist so groß, und so klein ist die Chance, ein paar Kilometer weiter südöstlich geboren zu sein: Ist es da nicht frivol, freiwillig wegzugehen, für ein bißchen Geld und Nervenkitzel? Aber, andere Gehirnhälfte: Bin ich nicht gerade durch die Gnade der österreichischen Geburt verpflichtet, der Welt etwas zurückzugeben – und zwar vorzugsweise den unwirtlichen, häßlichen Teilen dieser Welt? Deutschland also? Verpflichtet, ihnen mozartische Leichtigkeit zu bringen und Wiener Lebenskunst? Können davon nicht gerade die verbissenen, verkrampften, ernsthaften Deutschen profitieren? Wie meine Mitpassagierin, die mich verbissen, verkrampft und mit großer Ernsthaftigkeit überreden wollte, in Österreich zu bleiben? Dort, wo sie das Schwunghafte, das Süße und Zaubrische wähnt, dort, wo sie sich selbst hinwünscht, ins Beseligende, Kindlich-Kitschige …? Denn groß ist die Lust der ernsten, verbissenen Deutschen nach ausgelassener Fröhlichkeit, unermeßlich ihre Sehnsucht nach Leichtsinn. Sollen wir diesem ihrem Drang nicht entgegenkommen – wenn es sein muß, entgegenkommen in ihr eigenes Land? Um sie dort mit unserer schwarzen österreichischen Seele vollzuspritzen? Sie, die sie Alpenromantik und Operettenlaune von uns erwarten, eintunken in Melancholie und Menschenhaß? Ja! Und sie andererseits charmieren und am Schmäh halten, wenn sie sich an unserer Bosheit und Todeslust weiden wollen? Ja!

Resümierend gefragt: Braucht uns Deutschland?

Ja. Ja!

Warum sollte ich, Österreicher und »Wiener«, Missionar und Märtyrer, dann nicht hierbleiben, in Frankfurt, in der Mitte der Bundesrepublik?

Wenigstens vorläufig?

Unser lieber Sohn!

Die Post hat Dein erstes Kapitel gebracht, und wir haben viel Freude damit. Gratuliere zu der vielen Arbeit!

Warum interessieren Dich denn die Deutschen so sehr? Ist es der Mühe wert? Du weißt ja: Alles, was man näher kennenlernt, beginnt man irgendwann auch zu verstehen. Und wenn man etwas verstanden hat, beginnt man, es zu mögen. Sei vorsichtig! Vergiß nicht, was der Tante Elsa passiert ist, als sie nach Deutschland gegangen ist!

Ich habe Deinem Vater das Kapitel neben die Fernsehzeitung gelegt, weil ich finde, daß er auch darin lesen soll. Er freut sich schon darauf. Die Tante Anna läßt Dich schön grüßen, Du gehst ihr sehr ab, sagt sie. Gleich nachdem Du fort warst, hat sie sich einen Hund gekauft. Als Ersatz für Dich, weil Du sie jetzt nicht mehr besuchen kommst. (Kommen kannst.) Ich war ganz gerührt, als ich das gehört habe, denn eigentlich mag sie Hunde nicht.

Dem Onkel Erwin geht es nicht gut. Du gehst auch ihm sehr ab. Bald fängt er wieder zu trinken an. Sind es wirklich erst vier Wochen, daß Du weg bist? Mir kommt es wie vier Jahre vor.

Ich bin stolz darauf, daß Du nach Deutschland gegangen bist. Das Leben besteht aus Entscheidungen, und manche davon fallen einem nicht leicht. Deine war sicher richtig. Ich weiß noch gut, als Du zur Welt gekommen bist. Wir haben uns damals dafür entschieden, bei Dir zu bleiben. Ist es nicht wunderschön, einem neuen Menschen, den man noch gar nicht kennt, einem Baby sogar, so viel Vertrauen entgegenzubringen, weil man weiß, daß es einen nie enttäuschen wird?

Es ist bestimmt sehr teuer, ein Buch drucken zu lassen. Brauchst Du Geld? Besuch doch einmal den Fippo Havranek. Der war früher bei uns in der Filiale, jetzt wohnt er in Deutschland. Schöne Grüße von den Großeltern, vom Herrn Gnapotil, der Frau Wawran und den Horvath Hubineks, denen du auch allen abgehst, und natürlich auch von

Deiner M.

PS: Verzeih, daß dieser Brief stellenweise unleserlich ist. Er ist naß geworden. Ich habe ihn aus Versehen neben den tropfenden Wasserhahn gelegt.

ZWEITES KAPITEL

Du großes Deutschland. Wien und Frankfurt, zwei lebenswerte Städte. Alles in Frankfurt erinnert an Wien. Doktor Heinrich Hoffmann. Die Habsburger in Frankfurt, Goethe über die Habsburger in Frankfurt. Schweizer Literatur in Österreich.

Seit gut zwölf Wochen befinde ich mich in Frankfurt am Main. Seit gut zwölf Jahrhunderten befindet sich Frankfurt am Main in Deutschland. Man kann daraus schließen, daß wir uns beide in Deutschland befinden. Aber Frankfurt hat, anders als ich, keinen Vergleich. Es war noch nie in Österreich. Obwohl es genug Platz bei uns gäbe, zum Beispiel im Marchfeld. Dort würde Frankfurt niemanden stören, es wäre nur eine halbe Stunde von Wien entfernt und könnte, was keine große Umstellung wäre, »Frankfurt i. M.« heißen statt »Frankfurt a. M.«. Es könnte in Kärnten liegen, als »Frankfurt im Bärental«, wo es höchstens (deutschen) Urlaubern im Weg wäre. Es könnte in Vorarlberg liegen und »Frankfurt im Bodensee« heißen; da würde es gar niemanden stören. Dort, wo Frankfurt jetzt liegt, ist es sieben Stunden von Wien entfernt. Und es ist voll mit Frankfurtern, die zugleich Hessen sind und obendrein Deutsche.

Vor der Schwelle meines Hotelzimmers liegt Deutschland. Ich weiß: Formal liegt auch das Hotelzimmer selbst in Deutschland, und genau betrachtet ist auch drinnen überall Deutschland: das Parkett, die Fliesen im Badezimmer, alles deutscher Boden. Und trotzdem fühle ich mich hinter der Hotelzimmertür sicherer. Meine ersten Beobachtungen habe ich durchs Fenster und durch den Türspion gemacht.

Was mir an Deutschland sofort aufgefallen ist: Alles ist größer. Es ist nicht nur das Land selbst, es sind nicht nur die Autos, auch die Deutschen, die an meinem Hotelfenster vorbeigehen, sind Riesen. Sie haben breite Pranken, starke Schultern und tiefe Stimmen in hohen Körpern. Liegt es daran, daß sie in ihrem Land und in ihren Autos genug Platz haben, um immer weiter zu wachsen? Auch ihre Zeitungen sind größer: *Frankfurter Allgemeine* und *Süddeutsche Zeitung* messen 40 mal 56 Zentimeter. Ein kurzarmiger Österreicher kann solche Zeitungen kaum entfalten: wer sie aufschlägt, dessen Hände befinden sich 80 Zentimeter voneinander entfernt. Meine Hotelbadewanne ist 62 Zentimeter breit, ein Sitz in der U-Bahn geschätzte 40 Zentimeter. Liest irgendein Deutscher Zeitung in der U-Bahn oder beim Baden? Selbst die Kontoauszüge sind in Deutschland größer. Mein Bank-Austria-Auszug war ein schmaler rosa Streifen, aus den Automaten der Commerzbank quellen majestätisch die A4-Blätter.

Ich bin, wie gesagt, seit zwölf Wochen hier und dementsprechend noch nicht eingewöhnt. Mein österreichisches Gehirn hinkt hinterher: Es ist auf Wien geeicht. Hinter jeder Straßenecke Frankfurts vermutet es den Heldenplatz, in der S-Bahn trübt es gnädig den Blick, die Beschriftung »Endhaltestelle Offenbach« zerfließt vor meinen Augen und wird ersetzt durch ein linderndes »Ottakring«. Weshalb ich gewohnheitsmäßig einsteige und mich verfahre.

Ob es gesund ist, Wien mit Frankfurt zu vergleichen? In diversen Studien zur Lebensqualität liegt Wien zuverlässig auf Platz eins, Frankfurt pendelt zwischen den Plätzen fünf und acht. Kein großer Abstieg also. Der Studiensieger Wien, soviel steht fest, besticht durch seine Geschichte und seine Architektur. Wahrscheinlich hat auch das reiche Frankfurt bei solchen Listen immer bestochen, denn über bedeutende Bauwerke oder eine repräsentable Altstadt verfügt Frankfurt nicht. Das meiste davon ist im Zweiten Weltkrieg kaputtgegangen. Hier wäre Wien ein gutes Vorbild gewesen, wo man die Alliierten bereits 1941 überzeugen konnte, das erste Opfer Hitlers und deshalb kein besonders attraktives Ziel für Bombenangriffe zu sein. Doch irgendwo mußten die Bomben wohl hin, denke ich mir; hätte man sie wieder nach England zurückfliegen sollen? Dann schon besser nach Frankfurt.[1]

1 Jetzt beginne ich schon selbst, unaufgefordert von Hitler zu reden. Schlechter deutscher Einfluß?

Worauf also kann sich Frankfurt etwas einbilden? Den erwähnten Mangel an Bauwerken, von denen Jahrhunderte herabschauen (wie in Wien), gleicht es durch Bauwerke aus, denen man die Milliarden ansieht. Der gebürtige Frankfurter Goethe ließ sich lieber in Weimar begraben. Einen anderen Dichter hat Frankfurt dafür exklusiv, und auf ihn ist es stolz: Doktor Heinrich Hoffmann, den Autor des »Struwwelpeter«. Für Doktor Hoffmann gibt es Ausstellungen, Statuen und ein eigenes Museum. Der Mann hat ein Buch geschrieben, bei dem man nicht weiß, wofür man sich zuerst schämen soll: für die unbeholfenen Zeichnungen? Die verstolperten Reime? Oder für die Moral, daß, wer nicht stillsitzt, sondern im Regen spazierengeht und statt Suppe den (eigenen!) Daumen im Mund führt, verstümmelt wird, verhungert und in Flammen aufgeht? Nichts gegen Grausamkeit gegen Kinder – wenn sie gut gemacht ist. Doch im Morden des Doktor Hoffmann liegt keine Freude am Quälen; er ist nur ein dumpfer Vollstrecker. Wo Wilhelm Busch seine Bösewichter von Fässern überrollen, in Schrotmühlen fallen und sich gegenseitig mit Regenschirmen erstechen läßt, da fastet sich Hoffmanns Suppenkaspar überraschungslos ins öde Grab, und der böse Schneider, der dem Konrad die Daumen abknipst, tut das mit der mechanischen Routine eines Zugschaffners, der Fahrkarten entwertet. Gut, vielleicht mit der Routine eines eilfertig zur Tür hereinspringenden Zugschaffners – aber was ihn antreibt, ist nur Pflichterfüllung.

Längst von der Frau Mama angekündigt, ist er nur ausführendes Organ und wird sich ein paar Jahre später auf Befehlsnotstand herausreden. Ein anderes Beispiel: Der Nikolaus bestraft die rassistischen Buben, die den Mohren verspotten, indem er sie ins Tintenfaß steckt und ebenfalls schwarz macht, sie also dem Rassismus aller anderen Buben aussetzt, die da kommen mögen. Perpetuierung des Status quo, Symptombekämpfung statt Systemkritik! Und diese Reime: »Am Brunnen stand ein großer Hund / trank Wasser dort mit seinem Mund« – hätte Doktor Hoffmann eine halbe Minute länger über seinen Vers nachgedacht, so wäre ihm vielleicht »Am Brunnen stand ein großer Gaul / trank Wasser dort mit seinem Maul« eingefallen, was zumindest einen Funken geistreicher ist, als dem Hund einen Mund anzudichten, und das Weiterreimen möglicherweise beflügelt hätte (»Prügle niemals tot ein Pferd / Pferdeprügeln ist verkehrt«).

Hoffmann und Struwwelpeter statt Artmann und Weinheber – wenn man denn unbedingt vergleichen wollte, dann zeigt das den Unterschied zu Wien schon recht deutlich. Doch Frankfurt hat auch schöne Seiten. Blickt man auf den Stadtplan, dann findet man die Bodenseestraße, die Habsburger Allee, den Grazer Weg, die Burgenlandschneise, die Bregenzer Straße, die Tiroler Straße, den Wiener Pfad, den Oestricher Weg – wem ginge nicht das Herz auf bei so wohlklingenden Namen? Namen, die zwangsläufig schöner sein müssen als die Straßen, die sie bezeichnen? Sogar eine

Höhenstraße gibt es in Frankfurt, wenngleich sie natürlich nicht dieselbe Aussicht wie die Wiener Höhenstraße bietet. (Diese führt auf den Kahlenberg und auf den Leopoldsberg, von wo man einen phantastischen Rundblick auf Wien hat. Die Frankfurter Höhenstraße führt zur Rothschildallee. Von dort sieht man gar nichts. Nicht einmal St. Pölten.)

Die Frankfurter Oper immerhin erinnert mich ein wenig an die Wiener Staatsoper. Beide wurden zur selben Zeit errichtet, beide wurden von der damaligen Stadtbevölkerung kritisiert und verspottet. Beide Architekten waren gekränkt und starben noch vor der Eröffnung: Der Wiener Eduard van der Nüll erhängte sich, der Frankfurter Richard Lucae, etwas biederer, zog eine »schreckliche und theils auch schmerzhafte Krankheit« (Theodor Fontane) vor. Heute wird das Gebäude »Alte Oper« genannt. Opern werden dort nicht mehr aufgeführt, um sich nicht dem Vergleich mit anderen europäischen Städten auszusetzen (Wien). Wenn in Frankfurt trotzdem eine Opernpremiere stattfindet, dann in der »Oper Frankfurt«, einem Gebäude, das diskret zwischen den stahlglitzernden Hochhaustürmen am Willy-Brandt-Platz versteckt ist. Geht man von dieser Oper den Main entlang Richtung Osten, so stößt man auf den Frankfurter Dom und das Rathaus, den sogenannten Römer. Wie die meisten historischen Fachwerkhäuser der Stadt wurde auch der Römer 1944 zerstört und in liebevoller Detailarbeit nachgefälscht. Der Dom brannte nur aus. Rot und spitz ragt er in den

Himmel, 40 Meter niedriger als der Stephansdom und dennoch von weitem sichtbar in seinem schmucken Baugerüst, und ich denke an die vielen Habsburger, die wie ich von Wien nach Frankfurt gekommen sind, um sich krönen zu lassen. Es muß ein großes Erlebnis für die Frankfurter gewesen zu sein, einmal einen Habsburger zu sehen, der sich zur Tarnung und um bereitwillig bejubelt zu werden, »römisch-deutscher Kaiser« nennen ließ; keinen der deutschen Austauschfürsten, sondern einen richtigen Wiener Imperator; sie sahen keinen dieser Friedrichs, Wilhelms, Friedrich Wilhelms oder wie sie geheißen haben mögen, sondern Albrecht II., Maximilian II., Matthias, Ferdinand II., Leopold I., Karl VI., Franz I., Joseph II., Leopold II., Franz II. Welchem Frankfurter haben sich diese Namen nicht bis heute tief ins Gedächtnis gegraben?

1764 sollte Joseph II. zum deutschen König gewählt werden, und Goethe, damals noch Frankfurter, schrieb: »Am Vorabend des Wahltags werden alle Fremden aus der Stadt gewiesen, die Tore sind geschlossen, die Juden in ihrer Gasse eingesperrt, und der Frankfurter Bürger dünkt sich nicht wenig, daß er allein Zeuge einer so großen Feierlichkeit bleiben darf.« Doch ob sich der Frankfurter Bürger zu benehmen weiß? »Eine unserer Kanzleipersonen zu Pferde (...) verlas mit lauter und vernehmlicher Stimme an allen Ecken der Stadt ein weitläuftiges Edikt, das uns von dem Bevorstehenden benachrichtigte, und den Bürgern ein geziemendes und den Umständen angemessenes Betragen einschärfte.«

Ein sehr nötiges Edikt offenbar, wenn man betrachtet, wie sich die Frankfurter aufführten, wenn während der Krönung ein Erbschatzmeister ein bißchen Geld in die Menge warf: »Tausende Hände zappelten augenblicklich in der Höhe, um die Gaben aufzufangen; kaum aber waren die Münzen niedergefallen, so wühlte die Masse in sich selbst gegen den Boden und rang gewaltig um die Stücke, welche zur Erde mochten gekommen sein.« Wieviel vornehmer dagegen die Österreicher: Goethe lobt die »über die Maßen schöne« Habsburgerin Maria Theresia, die bereits 1745 in Frankfurt gewesen sei und von der sich die Alten erzählen würden: »Als aber die Kaiserin, ihren Gemahl [Kaiser Franz Stephan] zu begrüßen, das Schnupftuch geschwungen und ihm selbst ein lautes Vivat zugerufen, sei der Enthusiasmus und der Jubel des Volks auf höchste gestiegen, so daß das Freudengeschrei gar kein Ende finden konnte.« Schade, daß ich mein Schnupftuch in Wien gelassen habe, gerne hätte ich ein paar Frankfurter in Ekstase versetzt. Gedankt wurde den Österreichern ihr Weg nach Frankfurt selten: Kaiser Matthias, 1612 gekrönt, mußte zwei Jahre später den antisemitischen Aufstand des Frankfurter Lebkuchenbäckers Fettmilch niederschlagen, Ferdinand II. widmete seiner Frankfurter Krönung 1619 so viel Zeit und Aufmerksamkeit, daß sich in der Heimat böhmische Protestanten gegen ihn zusammenrotteten, worauf sich sein Nachfolger, Ferdinand III., 1636 zur Sicherheit in Regensburg krönen ließ. Wien ließ sich von dort aus besser im Auge behalten.

Ein paar Tage nach meinem ersten Spaziergang besichtige ich eine Wohnung, nur wenige Kilometer Luftlinie von der Habsburger Allee entfernt. Der bisherige Mieter, der mir die Zimmer zeigt, ist Germanist; schnell identifiziert er mich anhand meines Dialektes als Österreicher. Das gefällt ihm, er lobt unsere Nationalliteratur. »Grillparzer!« jubelt er, und ich nicke zustimmend und nehme mir vor, einmal etwas von Grillparzer zu lesen.

Und Dürrenmatt – den finde er auch gut!

Der sei Schweizer, berichtige ich.

Ach so? Der Germanist lächelt. Und der andere? Was sei mit dem anderen …?

Ich ahne, wen er meint: Max Frisch?

Genau, Max Frisch! Der sei doch Österreicher?

Nein, auch Schweizer, sage ich.

Die Schweizer, die seien ja so unbeliebt bei uns Österreichern, versucht der Germanist davon abzulenken, daß er soeben die Deutschen wieder ein bißchen unbeliebter gemacht hat. Er verspricht nachzulernen, und ich lade ihn zum Bildungsurlaub nach Wien ein, um ihm persönlich die Schauplätze der österreichischen Literatur zu zeigen: das Wohnhaus von Robert Walser, das Stammcafé von Johanna Spyri, den Keller von Gottfried Keller, das Grab von Martin Suter und den Apfel, den Wilhelm Tell von Peter Stamm herunterschoß.

Unser lieber Sohn!

Ich möchte Dir gratulieren: Überall sehe ich zur Zeit Dein Werk. Vorgestern hat Deine Mutter die ersten beiden Kapitel neben die Fernsehzeitung gelegt, am Abend auf meinen Nachtkasten, gestern früh aufs Armaturenbrett vom Volvo, und heute sind sie im Klozimmer zwischen den Zeitungen gelegen, die ich eigentlich lesen wollte. Da bin ich neugierig geworden. Und weil Deine Mutter sagt, sie ist mit dem ersten Kapitel schon durch, habe ich das zweite gelesen.

Noch einmal herzliche Gratulation! Wenn Du Hilfe beim Schreiben brauchst oder Inspiration, dann sag ruhig Bescheid. Ich war zum Beispiel vor Jahren in Deutschland unterwegs, im Wuppertal, für ein geschäftliches Gespräch mit einem gewissen Herrn Tammler. Ich wollte überprüfen, ob die Deutschen Humor haben, und hatte eine kleine Liste mit Verballhornungen von »Tammler« vorbereitet, so daß ich ihn je nach Aussehen oder Charakter scheinbar versehentlich falsch ansprechen hätte können, etwa wenn er gestottert hätte als »Herr Stammler«, wenn er ungepflegt gewesen wäre als »Herr Gammler«, wenn er mit Frauengeschichten geprahlt hätte als »Herr Sammler«. Leider hat er nicht gestottert, sondern einen neuen Anzug angehabt und war schwul. Das ist mir aufgefallen, weil er so zwanghaft von seiner »besseren Hälfte« gesprochen hat, und in Deutschland dürfen die Schwulen ja heiraten. Also habe ich keine Möglichkeit gehabt, ihn verballhornt anzusprechen und seinen Humor auf die Probe zu stellen, und während ich noch nach einem Wortspiel gesucht habe, war das Gespräch plötzlich vorbei, und er wollte mir zum Abschied »ein Bussel« geben. Da wurde mir kurz unheimlich. Aber er hat eine Lade aufgezogen und eine Schachtel auf den Tisch gelegt: »Hier, unser Puzzle!«, als Firmengeschenk. Diese Deutschen! Zu Hause wollte ich das Puzzle erst nicht zusammensetzen, aber dann habe ich mir gedacht: Bevor Du es in die Finger kriegst, erledige ich es lieber selbst. Denn meine Vermutung war dahin gehend, daß das vollendete Puzzle vielleicht ein erotisches Motiv darstellt, und das hätte Dich verwirrt, Du warst damals erst sieben. Leider habe ich es nie zu Ende gepuzzelt: Mir sind ein paar Teile unter den Tisch gerollt, und Deine Mutter hat sie mit dem Staubsauger erwischt. Der war dann verstopft und später kaputt. Als ich ihn zum Sperrmüll rausstellen wollte, habe ich gesehen, daß er von der Marke Bosch war. Eine deutsche Marke. Zufall?

Die Tante Anna war gestern hier. Sie hat ihren neuen Hund nach Dir benannt, so sehr fehlst Du ihr. Ruf sie bitte an und bedank Dich! Der Onkel Erwin läßt Dich schön grüßen, er sagt, er trinkt ein Achtel auf Dich. Ich soll Dir auch schöne Grüße von der Tante Elsa ausrichten. Vor einer Woche war ich bei ihr im Heim, und ich habe aus Versehen erwähnt, wo Du jetzt wohnst. Wenn man »Deutschland« zu ihr sagt, hält sie sich mit der rechten Hand das gute Ohr zu, und mit der Linken macht sie schnelle, panische Bewegungen, als würde sie etwas festhalten wollen, das ihr immer wieder aus der Hand gleitet.

Die Frau Slezak hat nach Dir gefragt. Sie läßt Dich ebenfalls schön grüßen und fragt, wie das Wetter in Deutschland ist. Ich habe ihr ausgerichtet, daß es regnet.

Viele Grüße sendet Dir
Dein V.

DRITTES KAPITEL

Im Café Anschluß. Was der Hesse mit der Sprache tut. Droht mir das Schicksal der küchendeutsch sprechenden Namibier? Vom Nutzen, österreichisch zu sprechen. Zeichentrickdeutsche. Mitleid mit einem deutschen Kind ob der Sprache, die es einst sprechen wird.

Hessisch klingt wie schlecht erfunden.

Seit einer Stunde sitze ich im Café Anschluß (Hansa-Allee 150, Frankfurt-Dornbusch) und trinke an meinem Cappuccino, alle zehn Minuten einen Schluck. In Wien sitze ich immer im Kaffeehaus, wenn ich mein Wienerisch vertiefen möchte. Darum war ich froh, das Café Anschluß in meinem Stadtführer gefunden zu haben; freundliche Deutsche habe ich erwartet, den Namen als Reminiszenz ans Jahr 1938 verstanden, als Einladung an österreichische Besucher, sich akzeptiert und aufgehoben zu fühlen im größeren Nebenstaat. Aber Österreicher und Deutsche sprechen verschiedene Sprachen: Was der eine mit historischer Bedeutung aufgeladen hat, klingt für den anderen so harmlos, daß er ein Internetcafé für Senioren danach benennt.

In der Straßenbahn habe ich die *Kronen Zeitung* gelesen, die es am Hauptbahnhof zu kaufen gibt. Gedanklich ins Österreichische gerutscht, die Zeitung noch vor der Nase, habe ich bei der »Anschluß«-Kellnerin »eine Melange« bestellt. Sie hat genickt und ein Gulasch gebracht. Ich habe es folgsam getrunken und dann »einen Cappuccino« verlangt, um an meine Melange zu kommen, nach einem Glas Leitungswasser gefragt, das mir mit skeptischer Freundlichkeit gewährt wurde, und hier sitze ich nun und höre den Hessen zu.

Es lohnt sich. Denn der Hesse ist ein Meister der Sprachzerstörung. Er zerhackt seine Sätze in mundgerechte Stücke, um diese genießerisch zu vernuscheln. Nuscheln höre ich gerne, das kenne ich von daheim; dieses bauchrednerische Beiseitesprechen, das nach Bruno Kreisky und Hans Moser klingt und nach Selbstgespräch. Aber die Wörter vor dem Nuscheln – zerhacken? Ahnt der Hesse, wie häßlich das ist? Ich glaube, ja. Ihm gerät das »ch« zum »sch«, Aschenbecher zerrinnt ihm zum berühmten »Ascheebeschee«. Dechiffriert man also die Aussage »Isch spreschee hessisch«, so wird sie dem Sprecher unter der Hand bzw. unter der Zunge zum Geständnis: »Ich spreche häßlich.« Und recht hat er.

Warum tut er's dann? Zwingt ihn einer? Man kann sie doch nicht ernst nehmen, diese Lautverbiegungen, diesen offensichtlichen Kunstdialekt, der sich anhört, als wäre er von Schauspielern eingeübt, die in Frankfurt und Umgebung ausgesetzt worden sind! Warum nicht sprechen wie – ich? Mit Verschleifungen und

Abrundungen, verschluckten Silben und Diminuitiv-Schnörkerln, denen man anhört, daß sie nicht ausgedacht sind, sondern Echo meiner Seele? Und warum, frage ich, müssen die Deutschen, wenn sie schon beschlossen haben, die österreichische Sprache zu mißbrauchen, dies in so vielen verschiedenen Varianten tun, eine abscheulicher als die andere? Ist Hessisch nicht schlimm genug? Muß auch Schwäbisch gesprochen werden, Berlinerisch, Oberpfälzisch, Sächsisch, Nordfriesisch und Münsterländer Platt? Braucht Köln eine eigene Stadtsprache? Deutsche! Man muß nicht vor jedem Wort nachdenken, wie es sich am grausamsten verstümmeln läßt! Sprecht mir einfach nach! Und glaubt mir: Eure Gespräche werden zwanglos sprudeln und melodisch glucksern, und es wird klingen wie in Wien, allüberall in Deutschland.

Aber wird nicht eher das Gegenteil eintreten? Daß nämlich sich das Deutsche allmählich in meine Sprache mengt und ich nicht merke, wie mein Österreichisch verseucht wird und sich im angelernten Deutschdeutsch auflöst? Daß meine Vokale kürzer werden wie die Glieder eines Bettlägrigen? Aber auch in meiner zunehmend verdeutschten Sprache werden sich eingekapselte österreichische Brocken erhalten. Uralter, vergessener Wiener Jargon wird aus abgelegenen Hirnregionen in mein Bewußtsein sickern, sich mit dem Neuhessischen paaren, ein deutsch-österreichisches Pidgin bilden, das am Ende keiner mehr versteht außer mir, und meine Kinder wachsen mit einer Phantasiesprache auf, in der sich österreichische Grammatik mit deutschem Wortschatz vermählt hat oder umgekehrt: Küchenösterreichisch.

Ich muß versuchen, meine Sprache zu konservieren. Ich muß mich abschirmen gegen das Deutsche. Es beginnt ja schon bei der Anreise: Als Wiener steigt man in den Zug und hört Wienerisch. Nieder- und Oberösterreichisch tröpfeln in Linz und St. Pölten dazu, die Spurenelemente tschechischer Lehnwörter verschwinden. Dann kommt die Grenze, man stutzt: Das Gespräch der vier Männer, die gerade in den Waggon gestiegen sind, wirkt verdächtig. Hat nicht einer von ihnen das Wort »Brotzeit« benutzt? Tun Oberösterreicher das? Oder gehören diese stumpfen Augen, diese wurstbrotzermalmenden Kiefer einem Bayern? (Denn auch der Bayer ist ein Deutscher. Er ist nur gut verpackt.) Bald erklingt Fränkisch im Zug, und noch bevor man sich daran gewöhnt hat, heißt es: Kopfbahnhof Frankfurt, Endstation. Hier wird hessisch gesprochen. Als würde man sich auf einer Insel des Verstehens befinden, die zusammenschrumpft, während rundherum die deutsche Flut ansteigt, einem die Zehen kitzelt – so verliert man auf der Zugfahrt sein Idiom. Bald sieht man kein Land mehr, man versinkt im Deutschen, und nur im eigenen Kopf tönt noch leise, ersterbend, die richtige Sprache nach.

Ist Autofahren besser? Man fährt wie im Faradayschen Sprachkäfig in Wien los, den Kultursender *Ö1* laut aufgedreht, um sich über österreichische Landwirtschaftsminister der Ersten Republik zu informieren. Passiert man eineinhalb Stunden später Linz, dann tragen die Autos, die einen links und rechts mit 170 Stundenkilometern überholen, schon deutsche Kennzeichen (und die *Ö1*-Sendung ist bei Alois Haueis angekommen, Minister von 1920 bis 1921). Man nimmt die Grenze. Mit der Hand am Lautstärkeregler kann man das schüchterne Verkehrsschild »Bundesrepublik Deutschland / Freistaat Bayern« mit etwas gutem Willen übersehen. Ab jetzt hält man an keiner Raststätte mehr. In Regensburg rauscht der Radiosender, in Nürnberg wird er unhörbar, man muß CDs von Falco oder Kottans Kapelle nachschieben, um sich die Sprache zu erhalten. Man parkt das Auto in Frankfurt, geschützt bis zu diesem äußersten Augenblick, da man aussteigt; man hält sich die Ohren zu, nähert sich gesenkten Hauptes der Wohnung, die man sich genommen hat (in der Tiroler Straße übrigens); man steigt in den Lift, den man beharrlich vermeidet »Fahrstuhl« zu nennen; man gelangt in die Wohnung, sperrt die Tür hinter sich zu und stellt sich vor, immer noch in Wien zu sein; und alle, die man vom Balkon aus sehen kann, sprächen Österreichisch: die Nachbarn, die Passanten; die Hunde, die Vögel.

Am mildesten, glaube ich, ist die Reise mit dem Flugzeug. Deutsche und Österreicher mischen sich bereits in Wien. Man gewöhnt sich an die einen, weil man die anderen hat. Nirgendwo wird zwischengelandet, niemand steigt zu, niemand steigt aus, nie kippt das paritätische Gleichgewicht der Mitreisenden, und erst am Flughafen Frankfurt nimmt man Abschied vom österreichischen Klang, um den deutschen ergeben anzunehmen, auf den man im Flugzeug schonend vorbereitet wurde.

Ich höre die alten Herren und Damen um mich herum über E-Mails und *Internetz* reden, und plötzlich wird mir klar: Das Deutsche ist tatsächlich eine Kunstsprache. Diese Sprache kenne ich nur *aus dem Fernsehen.* Kinder, die bei uns dieses *RTL-* und *Pro7*-Deutsch sprechen, erregen Mitleid. Es sind die vernachlässigten Kinder, die »ab und an« statt »ab und zu« sagen, »ich habe gestanden« statt »ich bin gestanden« und »Adventskranz« statt »Adventkranz«[2], vom Privatfernsehen erzogen.

Man sieht schon: Ich mag es nicht, wenn die Deutschen sprechen. Um so erstaunlicher, daß die Deutschen es mögen, wenn ich spreche. Wer meinen österreichischen Zungenschlag bemerkt, dessen Stirnrunzeln weicht in die Stirn zurück, und er begegnet mir mit Nachsicht, wie einem Kind oder einem Zurückgebliebenen. »Guten Morgen, grüß Gott«, hört er etwa, »ich hätte gerne eine Semmel, beziehungsweise: eins

2 Ja, der Deutsche liebt sein Binnen-S: Schadensersatz, Schmerzensgeld, Schafskäse, Enzensberger. In jede Fuge stopft er es, wenn er zwei Substantive zusammenklebt, darum nennt er es: Fugen-S. Oder aber auch Fugens-S.

von den Brötchen da, neben den Marillenkrapfen« – entschuldigend lächle ich die Verkäuferin an, als ob mir das Wort »Brötchen« einfach nicht in den Kopf wolle, und sie schmilzt dahin. Ich bekomme Trinkgeld, liebe Worte und in der Fleischabteilung eine Scheibe Wurst zugesteckt. »Grüß Gott, Herr Inspektor – gibt's Zores? Was verschafft mir die Ehre einer exekutivorganischen Amtshandlung?« (Wiener Kanzleisprache, auch nicht schlecht!) »Darf ich als Fahrzeuglenker höflichst urgieren, mich für ein eventuell schlagend werdendes Strafmandat wegen Intimkenntnis des österreichischen Behördenjargons tunlichst außer Evidenz zu halten?« Derlei finden die Deutschen »niedlich«, und ich bin weit davon entfernt, sie von dieser Meinung abzubringen, die mir immer wieder Vorteile verschafft. Was sie nicht wissen dürfen: Ich halte sie umgekehrt für genauso niedlich. Könnte ich denn jemals Respekt, gar Angst vor ihnen haben? Ich habe ja auch vor *RTL*- und *Pro7*-Sprechern keine Angst, vor synchronisierten Serienschauspielern nicht und nicht vor Zeichentrickfiguren, die alle deutschdeutsch sprechen. Von einem Österreicher angegrantelt zu werden, das fährt mir direkt in die Knochen, noch die feinste Nuance seiner bösen Worte spüre ich, kein noch so kleiner Dorn entgeht mir. Wenn ich mir wütende Deutsche vorstelle, muß ich lachen. Sie klingen wie zornige Kinder, die sich eine Sprache zusammenkünsteln, extra fürs Schimpfen, Wüten und Befehlen.

Ist gegenseitiges Unverständnis immer ein Mangel? Ist es nicht manchmal besser, nicht zu wissen, was das Gegenüber meint? Ist es nicht einfacher, eine Kellnerin um sexuelle Gefälligkeiten zu bitten, deren ablehnende Antwort man nie und nimmer verstehen und deshalb in vielerlei Richtung interpretieren kann: daß sie verheiratet ist, daß sie keine Zeit hat, daß sie sich mir als Deutsche nicht zumuten will ...?

Verständnisgräben sind das Tiefste, was die Deutschen und die Österreicher verbinden kann.

Die Kellnerin kommt. Ich bitte sie auf österreichisch um eine ausgefallene Variante von Fellatio. Sie nickt, verschwindet in der Küche und bringt mir noch ein Gulasch. Ich esse es.

Der Besuchstag im Café Anschluß geht zu Ende. Ein junges Paar wickelt sich in seine Mäntel und umarmt einen sitzenden alten Mann. Der Kinderwagen mit dem Enkelkind wird für einen Moment beiseite geschoben, an meinen Tisch. Das Kind sieht mich mit braunen Augen ernst an. Ich sehe ernst zurück, der Löffel mit dem Gulasch schwebt vor meinen Lippen. Irgend etwas flimmert in mir. Was ist es? Plötzlich weiß ich: Es ist Mitleid. Dieses Kind im Kinderwagen wird deutsch aufwachsen. Es wird die deutschdeutsche Sprache lernen. Das Mitleid schwappt durch mein Herz, das Gulasch vom bebenden Löffel auf die Hose: Nie wird dieses Kind erfahren, was Brösel sind, es wird »Krümel« sagen; wenn es Kuchen will, wird man ihm ein Stück Torte vorsetzen, und es wird glauben, das sei schon richtig so, weil ihm Kuchen der Oberbegriff ist; es wird nicht zu einem Buben heranreifen, sondern zu einem Jungen; es wird nie verkühlt sein, nur erkältet[3]; auf keinem Sessel wird es Platz nehmen, nur auf einem Stuhl, nie einen Kleiderkasten besitzen, nur einen Schrank; es wird kein Rauchfangkehrer werden und kein Fleischhacker, sondern Schornsteinfeger oder Metzger; nie wird es tachinieren, nicht einmal pfuschen gehen; sein Totenbett wird weder Polster noch Tuchent haben, und niemand wird ihm eine Parte schreiben. Ich lege den Löffel endgültig in den Teller, die Eltern gehen, sie schieben den Kinderwagen an mir vorbei. Einen Moment lang leuchtet matt der Vorsatz in mir auf, den Kinderwagen zu entführen, das Kind zu retten; dann ist es zu spät, sie sind weg.

Der Großvater ist sitzen geblieben und sieht zu mir herüber. Als ich den Blick hebe, steht er auf und tritt an meinen Tisch.

»Mein Enkelsohn«, sagt er mit stolzgeschwellten Stimmbändern, »vier Monate!«

»Ich gratuliere«, sage ich bitter.

3 Am »Verkühlen« erweist sich deutlich die Überlegenheit des österreichischen Ausdrucks. »Erkälten« bzw. erkalten kann auch ein Schnitzel oder eine Nudelsuppe, sie nehmen dann einfach die Kälte der Umgebung an – beides läßt sich aber leicht wieder aufwärmen. »Verkühlt« hat das stärkere Präfix: ver-kühlen, sich als Ganzes in eine kühlere Version seiner selbst verwandeln. Lieber dreimal erkältet als einmal verkühlt!

»Sind Sie aus Wien?« fragt der Alte, und ich wundere mich, daß er an meiner Betonung des Wortes »gratuliere« meine Herkunft erraten hat. Dann fällt mir ein, daß die *Kronen Zeitung* vor mir liegt. Vermutlich hat er die Schlagzeile gelesen (»Experten warnen: Slowaken nur noch 50 Kilometer vor Wien!«).

»Ja«, sage ich (der Einfachheit halber).

»Wo genau wohnen Sie denn?« fragt der Alte weiter. Ich nehme den Löffel, um mich daran festzuhalten.

»In Frankfurt«, sage ich. »Unter Deutschen.«

»Ja, nein, aber in Wien? Wo haben Sie denn in Wien gewohnt?«

Ich spüre es: Das nächste Gespräch über Wien, Kaffeehäuser und Mozartkugeln droht. Aber heute will ich nicht. Nicht in einer Zeichentricksprache und nicht mit einem Kindsverderber. Jede weitere Erwähnung von Wien durch einen Deutschen macht es mir ein bißchen abscheulicher. Und das muß nicht sein.

»Ich bin gar nicht aus Wien. Ich bin gebürtiger St. Pöltner.«

»Ach so, St. Pölten!« ruft der Großvater. »Dann sind Sie aber bestimmt trotzdem oft in Wien vorbeigekommen, das ist ja nur sechzig Kilometer weit weg!«

Ich rühre konzentriert im Gulasch.

Ob ich in Wien das Gasthaus Figlmüller kenne? In der Wollzeile, hinter dem Stephansdom? Dort habe seine Schwester früher gearbeitet, er habe bei ihr gewohnt, als er noch Student gewesen sei. Sie habe ihm immer Opernkarten besorgt, und Karten fürs Burgtheater. Im

IV. Bezirk habe sie gewohnt, in Margareten … »nein, Augenblick«, verbessert er sich: »in Wieden!«

»Sie meinen Landstraße?« sage ich freundlich.

»Nein, Landstraße ist doch der III. Bezirk, oder?« Der Alte biegt mit dem Daumen der linken Hand zwei Finger der Rechten empor, als ob er etwas nachzählen würde, dreht die Augen in die Stirn und bewegt die Lippen. Innere Stadt, lese ich darauf, Leopoldstadt, Landstraße, Wieden, Margareten, Mariahilf … und dann, mit seiner knarzenden deutschen Besserwisserstimme: »Ich glaube, Sie irren sich. Landstraße ist der Dritte, ich war im Vierten, in Wieden. In der Klagbaumgasse.«

Was bildet sich der Zeichentrickgroßvater ein? Hat er vergessen, wer von uns beiden der Österreicher ist? Bedauerlicherweise irre *er* sich, beharre ich, der Vierte sei letztes Jahr in den Dritten eingemeindet worden, die Klagbaumgasse liege jetzt im Dritten.

»Das heißt, nach dem Dritten kommt jetzt der Fünfte?«

»Nein, der neue Vierte liegt jetzt im ehemaligen Zweiten. Von dem hat man extra einen Teil abgelöst.«

»Im Zweiten?« fragt der Alte hartnäckig. »Auf der anderen Seite der Donau? Warum das denn?«

»Die Donau ist zubetoniert. Wegen der Überschwemmung in der Klagbaumgasse.«

Der Alte springt auf.

»Ein furchtbares Unglück war das. Alle Burgtheaterschauspieler sind ertrunken. Waren aber seit Claus Peymann eh fast alles Deutsche.«

»Wie? Was?« fragt der Alte atemlos. »Langsam bitte! Wann soll das gewesen sein? Mein Burgtheater? Sind Sie ganz sicher?«

»Ganz, ganz sicher! Das macht aber nichts, weil die Burg sowieso bankrott war. Denn kurz nach dem Brand der Staatsoper …«

»Die Staatsoper? Entsetzlich!« haucht der Großvater, zurücksinkend. »Und ich war nur ein Mal in meinem Leben dort … meine Volksoper aber, für die mir meine Schwester jahrelang die Opernkarten …«

»… bei dem das Feuer später auf die Volksoper übergesprungen ist.«

Der Greis springt wieder auf, greift sich an die Kehle. »Das ist doch nicht möglich!« schreit er, in seinen Augenwinkeln blähen sich Tränen, der Sessel fällt um, »Wie kommt denn das Feuer zur Volksoper?«

»Mit dem Feuerwehrauto«, sage ich traurig, »leider hat der Wagen beim Löschen zu brennen begonnen, und auf dem Weg zum Stephansdom …«

Der Alte knöpft sich den obersten Hemdknopf auf, er massiert sein Herz.

»… haben sie gesehen, daß er in Trümmern liegt, und das Gasthaus Figlmüller hat er unter sich begraben, und eine alte Frau ist aus den Trümmern gezogen worden, deren letzte Worte waren: Schrecklich, daß ich meinem Bruder in Frankfurt nichts hinterlasse als eine Million Euro Schulden, die ich mit meinem Pornokino gemacht habe – leb wohl, mein Wien …«

Im Café Anschluß habe ich jetzt per Kellnerinnenerlaß Hausverbot. Aber wenigstens ist es mir gelungen, einen Deutschen auf Dauer von Österreich fernzuhalten. 1:1!

Unser lieber Bub!

Wie geht es Dir? Ich hoffe, gut. Ich bin im Spital, die Leber hat sich wieder gemeldet. Deine Tante Anna kommt jeden Tag, und auch Dein Vater war letzte Woche zu Besuch. Er hat Dein Buch mitgebracht und es aus Versehen bei mir liegengelassen – oder genauer: das, was bisher von Deinem Buch existiert. Neugierig habe ich darin geblättert und bin im dritten Kapitel hängengeblieben, weil mir gefallen hat, was ich gelesen habe: Es ist recht von Dir, daß Du über unsere Sprache schreibst. Wenigstens, solange die EU unsere angestammten Begriffe noch nicht verboten hat.

Kurz bevor ich ins Spital gekommen bin, waren zwei Deutsche bei uns in der Pension. Die wollten »eine gute Tasse Kaffee«. Sag ich: »Herrschaften, Sie sind hier nicht bei sich zu Hause! Hier gibt's Kaffee, keinen Kaffee!« (Geschrieben sehen die Wörter ja ähnlich aus, aber die Deutschen betonen sie anders.) Ich sage: »Wenn es Ihnen nicht paßt: Wiederschaun, meine Herren, vergelt's Gott!« Da sind die wieder gegangen. Nachher sagt Deine Tante Anna zu mir: »Erwin, was hast du denn? Die Deutschen haben den Kaffee eh richtig ausgesprochen – du hast es falsch gesagt!« Das kam nämlich daher, weil ich die falsche Aussprache schon von den Deutschen erwartet hatte, weswegen mir der richtige »Kaffee« gleich doppelt falsch vorgekommen ist. Wir haben sehr gelacht, Deine Tante und ich, und die Deutschen haben sicher noch irgendwo ihren »Kaffee« bekommen, in Stuttgart oder sonstwo.

Die Deutschen und das Essen, das ist noch eine ganz andere Geschichte. Schreib darüber einmal etwas! Man muß immer mit ihnen reden wie mit einem Kind, sonst verstehen sie gar nichts. Konfitüre statt Marmelade, Möhre statt Karotte, Pfirsich statt Marille. Das ist auch in höherem Interesse, weißt Du? Wenn keiner mehr versteht, was gemeint ist, kann man die Lebensmittel leichter gentechnisch manipulieren.

Seit Du in Deutschland bist, verfolgen wir die deutschen Nachrichten besonders aufmerksam.

Letzte Woche zwei Zugunfälle und zwei Morde. Ist Dir auch nichts passiert? Unter all den Deutschen? Paß auf Dich auf! Denk an Königgrätz!

Mit meiner Schwester, Deiner Tante Elsa, habe ich gestern telefoniert. Sie hat wohl während des Gesprächs einen klaren Moment gehabt, weil sie sich plötzlich daran erinnert hat, daß Du jetzt in Deutschland bist. Wenn sie von Deutschland redet, wird ihre Stimme eine ganze Oktave höher, und sie ruft immer etwas von »nachtschwarzen Handschuhen« und »Mitternacht« und »das ganze Blut« und »Spitzhacke«. Es war grauslich, ich habe gerade noch auflegen können.

Die Tante Anna ärgert sich leider sehr über Dich. Sie hat, wie Du weißt, ihrem neuen Hund Deinen Namen gegeben, und jetzt folgt er ihr nicht. Ich habe ihr gesagt, das liegt wahrscheinlich daran, daß sie ihre vorigen Hunde immer alle Wasti genannt hat, Wasti I bis Wasti VIII, und ob Du's glaubst oder nicht, so ein Viech gewöhnt sich natürlich an so was, und wenn man es plötzlich anders nennt, pariert es nicht. Sie wollte nichts davon hören, also habe ich ihr gesagt, daß ihr der Hund, wenn sie ihn nach Dir benennt, bestimmt auch bald nach Deutschland ausbüxt. Das hat sie als Scheinargument zurückgewiesen. Und dann habe ich eh schon ins Spital müssen. So kommt alles zusammen, aber das wird Dich nicht besonders interessieren, was sich im »Ausland« so abspielt.

Mit rekonvaleszenten Grüßen
Dein Onkel E.

VIERTES KAPITEL

Was Frankfurter Essen nennen. Unbekannt im deutschen Land sind Café und Würstelstand. Deutsche Kaffeehäuser – ein Irrweg. Ratschläge zur Verösterreicherung der deutschen Kaffeehäuser. Frankfurter und Wiener Kellner im Unfreundlichkeitswettbewerb – Gleichstand. Ich verbessere das deutsche Essen.

Was gibt's zu essen? Handkäse, Grüne Soße und Apfelwein – Nahrung, die so schmeckt, wie sie klingt.

Der Deutsche in seiner hessischen Ausformung versteht unter »Handkäs« einen kleinen Laib Quargel, den er sich mit einem locker gestreuten Häufchen roher Zwiebel aufs Brot tut. So was ißt er. Und so gelingen ihm zwei verschiedene Ausdünstungen gleichzeitig, abwechselnd riecht er nach Käse und nach Zwiebeln und ist schon aus wenigen Metern Entfernung als Hesse kenntlich. Man kann versuchen, Handkäseverzehrern auszuweichen, indem man sie als Tischnachbarn vermeidet. Dem arbeitet der sparsame deutsche Wirt entgegen, denn es ist ihm unschöner Brauch, möglichst viele Gäste an möglichst wenige Tische zu quetschen. Er nennt dies »Geselligkeit«. Und der deutsche Gast dankt es seinem Wirt, kommt diese Zwangsnähe doch seiner perversen Neigung entgegen, fremde Österreicher anzusprechen.

Wenn Handkäse geschändeter Quargel ist, dann ist Apfelwein unreifer Most. »Unreif« meint hier »unmündig«, im doppelten Sinne von »noch nicht zur genußvollen Konsumation geeignet« und »überhaupt vom Munde fernzuhalten«. Da man zum Handkäse keine Gabel reicht – die sparsamen Wirte wieder! –, ist das Apfelweinglas geriffelt. (Es soll dem käseessenden, gabellosen Hessen nicht aus seiner fettigen Hand rutschen.) Apfelwein riecht so, daß man ihn über den Salat gießen möchte.

Trotzdem ist Frankfurt auf seinen Apfelwein besonders stolz. Es wirbt dafür mit dem Spruch: »Das Beste, was ein Apfel werden kann«; ein selbstbewußter Spruch, der offenbar der Unkenntnis von Apfelstrudel, Apfelkuchen, Apfeltorte, Apfelmarmelade, Apfelsaft, Apfelmus, Apfelpalatschinken, Apfelkompott, Apfelgelee, Bratapfel, Dörrapfel, Apfelbrei, Apfeljoghurt, Apfelchutney, Apfelmichel, Apfelkoch, Apfelschnaps, Apfelreis, Apfel-Eis, Apfelkren, Apfel-Crumble, Apfel-Chips und rohem Apfel geschuldet ist.

Grüne Soße schließlich besteht aus hartgekochten Eiern, Kartoffeln und einer Grünen Soße. Grüne Soße würde mir schmecken, denke ich. Leider haben es die Hessen noch nicht geschafft, ihre Grüne Soße aufzuwärmen, sie essen sie kalt.

Während Hessen über eine eigene Küche verfügt, zu der noch Extravaganzen wie Maikäfersuppe gehören, bedient sich Restdeutschland bequemerweise bei den Nachbarn. In Bayern herrscht österreichische und böhmische Küche: Knödel, Schweinsbraten und Würste. Im Uhrzeigersinn weitergehend, stößt man in Südwestdeutschland auf französische Gerichte (Flammkuchen, Schneckensuppe), im Rheinland ernährt man sich aus Belgien und den Niederlanden, in Norddeutschland aus dem Meer. Im Osten ißt der Deutsche slawische Soljanka und ungarisches Letscho, dem Berliner gilt, neben Pizza und Döner Kebab, die Currywurst als Lokalgericht. Sie besteht aus indischem Currypulver und belgischen Pommes frites. Die beiliegende Brühwurst ist deutsch.

Wessen kulinarische Errungenschaften auf eine einzelne Wurst zusammenschrumpfen, der ist tatsächlich besser beraten, sich von Türken, Italienern und Chinesen bekochen zu lassen. Warum aber betreiben die Deutschen Kaffeehäuser? Anstatt sich dafür Österreicher zu nehmen? Fataler noch, nennen sich deutsche Kaffeehäuser gern und schamlos »Café Wien«, »Café Alt Österreich«, »Sissi-Café«, »Café Mozart«, »Café Doppeladler« und »Nostalgie-Café Metternich« – das kann nicht gutgehen. Und wenn es doch einmal gutgehen soll: hier einige zarte Anregungen.

Man begrüße erstens den Gast nicht mit »Guten Tag«, noch weniger mit »Hallo« und nicht einmal mit »Grüß Gott«, im Glauben, dies sei gut Wienerisch – der Wiener grüßt, schon um sich als seit 90 Jahren sozialdemokratisch Regierter vom Provinzler, dem sogenannten »Gscherten«, abzuheben, mit »Grüß Sie« oder »Mahlzeit«. Besser, man grüßt gar nicht.

Man lasse den Gast ins Kaffeehaus eintreten, ankommen, sich in Ruhe einen Tisch wählen, ohne ihn durch irgendein Zeichen, man habe ihn bemerkt und wolle ihn in näherer Zukunft bedienen, unter Druck zu setzen. Eine Begrüßung, und sei sie noch so höflich gemeint, ist solch ein Zeichen.

Man renommiere nicht mit eindrucksvollen Cafèspezialitäten. Die Speisekarte, in der diese verzeichnet sind, hänge schüchtern im Eck, um nur auf Wunsch herbeigeholt zu werden. Im mündlichen Umgang beschränke man sich auf das Populäre, Meistgetrunkene, biete Melange, Verlängerten, Mokka oder Milchkaffee an. Es verstört, wenn sich der Kellner wienerisch gibt und dem Gast die Wahl eröffnet zwischen »Verkehrtem Kapuziner mit Schuß«, »Gestrecktem schwarzen Einspänner mit Sahnemütze – Pardon: Schlagobershaube« und »Kleiner Schale Gold mit überbrühtem Fiakergulasch«.

Man spiele keine Musik, weder CD noch Radio. Äußerstenfalls am Sonntagvormittag Klavier.

Man verabreiche zu jedem Kaffee ein gut gefülltes Glas Leitungswasser. Statt dessen Mineralwasser zu bringen ist verboten.

Man lege einen hohen Stapel Zeitungen aus! Wichtige deutsche Periodika halte man in mindestens dreifacher Ausfertigung bereit, so die *Frankfurter Allgemeine,* die *Süddeutsche Zeitung* und den *Spiegel;* zweimal

Zeit und *Tageszeitung;* einmal *Stern,* einmal *Titanic.* Dreimal führe man die *Neue Zürcher Zeitung,* von den österreichischen Zeitungen wenigstens die *Kronen Zeitung* und den *Standard.*

Man sei nach Möglichkeit keine Kellnerin – diese gibt es in Wien nicht, nur in den Bundesländern. Man sei, auch als Kellnerin, nicht allzu freundlich zum Gast, duze ihn unter keinen Umständen, trete auch nicht zu beflissen an den Tisch, sondern drehe im Vorbeigehen halb den Kopf in Gastrichtung und gebe ihm durch ein angedeutetes Stirnrunzeln die Möglichkeit, in den nächsten Sekunden seine Bestellung aufzugeben, die man freilich nicht notiere, sondern im Weiterschlendern mit kräftiger Stimme wiederhole, um sie der Küche mitzuteilen. Erst beim Bringen dieser Bestellung nehme man weitere Wünsche entgegen.

Man stelle Aschenbecher auf die Tische. Fragt der Gast, wie sich dies mit dem Nichtraucherschutz vertrage, da doch keine zwei voneinander getrennten Räumlichkeiten vorhanden seien, dann beginne man eine lange Erörterung darüber, daß sich der Nichtraucherschutz »sowieso nicht umsetzen« lasse, weil er »genußfeindlich« sei, weshalb man seine Gäste lieber gleich informiere: »Wenn Sie nicht rauchen wollen, dann gehen Sie bitte vor die Tür.«

Man mache sich vertraut mit dem für deutsche Ohren etwas vage klingenden Begriff »Eierspeise« und scheide diesen von Begriffen wie »Spiegelei«, »weiches Ei« und »Omelette«.

Man lasse schließlich den Gast in Ruhe; gibt dieser kein Zeichen, so beachte man ihn, einmal abgefertigt, nicht mehr bis zur Sperrstunde.

Man setze die Sperrstunde auf ein Uhr nachts, nicht auf 18 Uhr nachmittags.

Cafés, wie oben angeregt, sind in Deutschland nicht zu finden. Was es außerdem nicht gibt, sind Würstelstände, schon gar nicht solche, die in der Nacht geöffnet haben. Im Winter fehlen die Maroniverkäufer. Ißt man in Deutschland nicht gern auf der Straße? Ich bin gewohnt, daß im Sommer sogar die Kaffeehäuser ins Freie wuchern, wo sie »Schanigärten« genannt werden. In Deutschland zieht man sich offenbar lieber ins Hausinnere zurück. Und Hausinneres, das bedeutet in Frankfurt: Apfelweinkneipe. Weil ich Appetit auf Grüne Soße habe, gehe ich dorthin und bestelle mir eine Portion.

Wer Schwierigkeiten hat, sich den Unterschied zwischen Effizienz und Effektivität zu merken, dem sei die Analogie zu Wiener Kellnern und Frankfurter Kellnern empfohlen. Beider Ziel ist es, den Gast spüren zu lassen, daß er stört. Ihre Wege, dieses Ziel zu erreichen, unterscheiden sich indes: Der Wiener handelt effizient, nämlich mit dem geringstmöglichen Aufwand. Er übergeht den Gast, ignoriert sein Winken, hält den Blick am Boden. Der Frankfurter handelt effektiv, indem er alle verbalen, gestischen und mimischen Mittel, die ihm zur Verfügung stehen, ausreizt, um dem Gast zu zeigen, wie wenig er ihn braucht. Den effizienten Österreicher und den effektiven Deutschen verbindet, daß sie beide ihr Verhalten gleichermaßen charmant finden.[4]

Als ich die Soße bekomme und den ersten Löffel nehme, fällt mir etwas ein.

»Entschuldigen Sie bitte?«

Der Kellner zeigt eine überraschende Reaktion: Er beachtet mich.

»Können Sie mir die Grüne Soße aufwärmen?« Leere Augen sehen mich an. Versteht er nur Hessisch? Oder hat er keine Mikrowelle? Rundherum ist es leiser geworden, erste Gespräche verstummen.

»Was soll ich machen, mein Herr?«

»Ob Sie mir die Grüne Soße bitte aufwärmen können. Sie ist nämlich kalt.«

Er tritt an meinen Tisch. Ob er fragen dürfe, wo ich herkomme?

Aus Wien, sage ich (der Einfachheit halber).

»Aus Wien!« Sein Unterleib stößt an die Tischkante, was den Oberkörper nicht hindert, noch näher zu kommen. Er sei Frankfurter, ich sei Wiener. Ob er mir erkläre, wie ich meinen Kaiserschmarren zu kochen habe?

»Jedenfalls ohne Apfelmus«, entgegne ich zwischen halbgeschlossenen Lippen, »mit Zwetschgenröster.«

»Wie bitte?«

4 Hier irrt der Frankfurter: Charmant ist nur der Wiener.

»Mit Zwetschgenröster. Ich habe nämlich in Ihrem Haus erst vorige Woche einen Kaiserschmarren bestellt, der fälschlich mit Apfelmus serviert worden ist. Was aber immer noch ein vergleichsweise gnädiges Ende für den Apfel darstellt ...« Habe ich den letzten Satz laut gesagt? »Was wäre denn ein schlechtes Ende für einen Apfel?« höre ich, und ob ich wirklich »Apfelwein« geantwortet habe, weiß ich nicht. Am Nebentisch erheben sich die ersten Herren Hessen. Gabeln fallen auf Teller. (Wo haben die Hessen Gabeln her?) Stimmen werden laut: »Was hat der Arsch gegen uns?« Der Kellner verschwimmt mir vor den Augen, und ich glaube, ich bin aufgestanden – der Schwindel meines eigenen Mutes hat mich, anstatt mich von der Bank zu werfen, emporgetrieben. Sind nur Zeichentrickdeutsche! spüre ich mich denken, und »Wissen Sie denn, was Sie da trinken?« höre ich mich reden. »Sie trinken Äpfel! Äpfel, die einmal am Baum gehangen sind, optimistisch in die Zukunft schauend. Äpfel, die im Frühling geblüht haben, im Sommer gereift sind und sich im Herbst vom Ast gelöst haben – um wo zu landen? Im Glas! Sämtlicher Apfelcharakteristika beraubt, des Stengels, des Gehäuses, der Schale. Als Apfelwein geendet! In einer flüssigen Trübnis, die ihn wie eine Urinprobe aussehen läßt! Ich gehe nicht so weit, zu sagen, daß er auch so schmeckt, ich habe noch nie Urinwein getrunken. Doch wenn man von mir verlangen würde, ihn zu trinken, aus Stolz auf seine traditionelle Zubereitung – ich würde es tun! Vielleicht würde ich merken, daß Urinwein nicht die ideale Verwertung von Urin ist, daß es noch Urinstrudel, Urinkuchen, Urintorte, Urinmarmelade, Urinsaft, Urinmus, Urinpalatschinken, Urinkompott, Uringelee, Braturin, Dörrurin, Urinbrei, Urinjoghurt, Urinchutney, Urinmichel, Urinkoch, Urinschnaps, Urinreis, Urin-Eis, Urinkren, Urin-Crumble, Urin-Chips und rohen Urin gibt – doch ich würde ihn trinken. Nie würde ich so grob sein, den traditionellen Urintrinker zu fragen: Schmeckt dir das wirklich? Trinkst du das nur, weil es schon dein Vater getrunken hat und der Vater deines Vaters? Weil sie dich, betrunken und gereizt vom Urinwein, zum Mittrinken gezwungen haben? Siehst du nicht die Gesichter der anderen, wie sie sich ob des sauren Geschmacks zusammenziehen – jedes Mal?« (Zwischenruf eines Hessen: »Bei Gott – er hat recht!«) »Ist nicht der Moment gekommen, wo ihr eure barbarischen Sitten ablegen solltet, die einmal ihren Sinn gehabt haben mögen, vor Jahrhunderten, als es noch nichts anderes zu trinken gab? Ja, diese Fragen zu stellen, würde ich mir verbieten, ich würde mein Glas erheben und es auf einen Zug leeren, um mit all meinen Mittrinkern auszurufen: Wenigstens, liebe Freunde, wenigstens ist es kein Apfelwein …!«

… und was ist das? Die Frankfurter, sie applaudieren? Ja, sie stehen auf ihren Bänken, begreifend, daß sie den Baum der Erkenntnis geschändet haben; sie zerschmettern ihre Apfelweingläser; sie tragen Tränen in ihren Augen, weil sie endlich einer aus ihrer

Verblendung erlöst hat, und aus irgendeiner Ecke schwillt ein Chor an, der sich ausbreitet: »E-au! E-au!« Was rufen sie? »Helau«? »Geh raus«? Nein, was sie fordern, ist »Reb-laus! Reb-laus!«, das berühmte Heurigenlied von Hans Moser wollen sie von mir hören, und wenn ich mich auch an den Text nicht genau erinnere und darum eine Extempore-Version darbiete, so weiß ich doch die Melodie noch gut:

»I weiß net, was des is: i trink kein' Apfelwein.
Des muaß a ganz spezieller Haß oder a gsunde
    Abscheu sein:
ich sitz oft stundenlang und stumm in einem Eckerl,
wenn wo a Apfelwein serviert wird, spiel Versteckerl,
an andern Menschen wäre das vielleicht zu dumm,
doch mir, mir graust davor, und ich weiß, warum:

I muaß im frühern Leben a Hesse g'wesen sein:
sonst wär der Ekel net so groß vorm Apfelwein!
Drum tu den Wein ich auch nicht trinken,
    sondern: laß ihn,
wenn keiner hinschaut, schütt' ich heimlich
    in die Gass' ihn.
Und schwören könnt' ich, daß ich einst a Hesse
    g'wesen bin,
ich weiß gewiß: Ich bin gestorben an sehr viel
    Apfelwein in mir drin,
drum tut der Apfelwein mich so unheimlich stör'n –
und wenn i stirb, möcht' i ka Hesse nimmer werd'n!

I hab mir schon als Kind gedacht: Was kann denn das
nur sein?
Mei G'spür für schlechtes Gschloder, des war damals
schon sehr fein:
Ich konnte immer schon den Apfelwein net riachn,
mir ham si d'Haar aufgstellt vorm Apfelwein,
dem schiachn.
Nach langem Hinundherstudieren kam ich schließlich
drauf,
daß ich des saure Zeug mei Leb'n net sauf.

I muaß im frühern Leben a Hesse g'wesen sein:
sonst wär der Ekel net so groß vorm Apfelwein!
Drum tu den Wein ich auch nicht trinken,
sondern: laß ihn,
wenn keiner hinschaut, schütt' ich heimlich
in die Gass' ihn.
Und schwören könnt' ich, daß ich einst a Hesse
g'wesen bin,
ich weiß gewiß: Ich bin gestorben an sehr viel
Apfelwein in mir drin,
drum tut der Apfelwein mich so unheimlich stör'n –
und wenn i stirb, bittschön: nur net a Hesse
wieder werd'n!«

Unser lieber Bub!

Kein Wunder, daß Dir das gute Essen abgeht. Dein Onkel Erwin sagt, »wär er doch daheim geblieben, dann hätte er auch das gute Essen noch«, aber er meint's nicht so. Zur Strafe koche ich ihm dann Deine Leibspeise, Mohnnudeln, wo er immer mindestens die Hälfte übriglassen muß. Süßes darf er ja nicht. Ohnehin ist das Wichtigste in dem Alter gesunde Ernährung. Ich verwende für den Onkel Erwin nur heimische Produkte. Entweder vom Markt oder aus unserem Garten, für den Schweinsbraten, für den Lungenbraten, fürs Schmalz, für den Zwetschgenschnaps, den Kirschenschnaps und den Marillenbrand.

Er ist jetzt eine Woche aus dem Spital draußen. Aber er wird im Jänner 86, da kann jeder Tag der letzte sein.

Ich war nur einmal in meinem Leben auf Urlaub. 1977. Just da ist meine Mutter gestorben, Deine Tante Franza. Man macht sich sein Leben lang Vorwürfe, wenn man von einem geliebten Menschen nicht mehr rechtzeitig Abschied nehmen kann. Weil man zu weit weg gewesen ist. Stell Dir vor, ich war nur vier Tage auf Urlaub. Wenn ich einen Monat oder länger weg gewesen wäre, wer weiß, wen ich da alles verloren hätte. Vielleicht schon damals den Onkel Erwin? Obwohl mir das schnell aufgefallen wäre, denn er war ja mit auf Urlaub. Aber er hätte ertrinken können. Ihm ist die Luftmatratze geplatzt.

In letzter Zeit redet er oft davon, seinen Nachlaß zu ordnen. Es ist ihm wichtig, daß alles in der Familie bleibt. Daß nichts vom Erbteil außer Landes kommt. Auf die Deutschen z.B. ist er nicht gut zu sprechen, seit sie ihn bei der Wehrmacht so geschurigelt haben und ihn aufgezogen haben wegen Königgrätz.

Am Wochenende hat die Tante Elsa ihren Achtzigsten gefeiert. Wir haben ihr Deine Kapitel mitgebracht, die Du uns immer so brav schickst. Die Tante Elsa war in letzter Zeit so apathisch, und wenn es um Deutschland geht, wird sie immer lebhaft. Sie hat das Kuvert mit den Kapiteln genommen und es quer durch den Raum geschmissen. Das waren mindestens zehn Meter, was für eine Achtzigjährige doch sehr beachtlich ist.

Weißt Du noch, daß ich den Hund nach Dir benannt habe? Das Rabenviech ist immer bissiger geworden. Jetzt habe ich ihn einschläfern lassen müssen. Der Onkel Erwin hat ganz selbstzufrieden gesagt: »Siehst, Anna, jetzt hast du ihn zum zweiten Mal verloren«, und will unseren nächsten Hund auf keinen Fall wieder nach Dir benennen. Solche Tragödien zehren. Bin auch schon 79. Manchmal diskutieren wir, Dein Onkel Erwin und ich, wer von uns beiden noch erleben wird, daß Du wieder zurückkommst. Zum Begräbnis vom Onkel Erwin mußt Du Dir freinehmen! Ich habe es ihm schon versprochen, er hat sich gefreut und gesagt: »Da hab ich was davon!«

Deine Eltern lassen Dich herzlich grüßen. Sie sind auch schon über 50 beide.

Bleib gesund!
Deine Tante A.

FÜNFTES KAPITEL

Wem gehört Hitler? Deutsche heute: die unbegabteren Nazis. Rechtsextremismus ist in Österreich ein gutes Geschäft. Warum deutsche Politik so kompliziert ist. Warum österreichische Politik so einfach ist. Ein Versuch in kontrafaktischer Geschichtsschreibung.

... und dann, weil es sich nicht vermeiden läßt und alle Deutschen davon reden: Hitler. Wer ist Hitler? Hitler war bis Mitte des zwanzigsten Jahrhunderts deutsch-österreichischer Reichskanzler. In Österreich ist er fast vergessen, in Deutschland sehr populär. Seit er 1945 im Alter von sechsundfünfzig Jahren in Berlin verstarb, würdigt ihn die deutsche Hitlerberichterstattung in all seinen Schattierungen, man wird in Zeitung und Fernsehen umfassend aufgeklärt über Hitlers Frauen, Hitlers Hunde und Hitlers Friseure; und wenn man lange genug aufbleibt, sogar über Hitlers Verbrechen. Um dem Zauber seiner Persönlichkeit gerecht zu werden, konzentriert man sich seit einiger Zeit auf den privaten Hitler; nicht den Volkshitler, der seine bekannten Brüllreden hält, sondern den wienerisch plaudernden Causeur in Berchtesgaden. So ist Hitler zum Lieblingshobby der Deutschen geworden. Romane gewinnen an Attraktivität und Tiefgang, wenn sie »vor dem Hintergrund des Nationalsozialismus« spielen oder spätestens im fünften Kapitel Hitler vorbeischaut. Seit einigen Jahren gibt es den Fernsehhitler aus der Wochenschau in Farbe, seither weiß man, daß Hitler weiße Hautfarbe hatte und meistens braune Sachen trug.

Bei aller Hitlerbegeisterung der Deutschen wird man das Gefühl nicht los, daß er ihnen unangenehm ist. Tritt er irgendwo in Erscheinung, dann immer mit düsterer Hintergrundmusik, die ein späteres Verhängnis ahnen läßt. Das verdirbt die Spannung. Filme oder Bücher, in denen es bis dahin um erste Liebe, erwachende Sexualität oder Motorsport gegangen ist, nehmen mit dem Auftauchen Hitlers eine schreckliche Wendung. Hitler ist in diesen Erzählungen immer der Außenseiter, der Fremdkörper, überraschend über die Deutschen gekommen, ein Eindringling, Österreicher und Asylant. (Wir Österreicher haben aus der Geschichte gelernt und lassen Asylanten seither nur noch ungern herein.) Im Dokumentarfilm *Der Untergang* ist Hitler sogar Schweizer.

Warum beschäftigen sich die Deutschen ständig mit Hitler, wenn er ihnen so unangenehm ist? In Österreich redet man nicht über Hitler, wenn man es vermeiden kann. Man akzeptiert ihn, aber man redet nicht über ihn. Er ist ein Kind des Landes, und Kinder sind unberechenbar, manchmal mißraten sie. Man ist dann nicht stolz auf sie, sie sind einem peinlich. Man sperrt sie tagsüber in den Keller oder in den Heustadel, wo sie keiner sehen muß. Man hängt im geheimen noch an ihnen, mehr vielleicht, als wenn sie wohlgeraten wären, weil man ein großes, unvernünftiges, verzeihendes österreichisches Herz hat – doch man zeigt diese Gefühle nicht und achtet sorgsam darauf, daß niemand in die Verlegenheit kommt, über die Kinder zu reden.

Diese historische Gelassenheit müssen die Deutschen erst lernen. Was ihnen nur durch ununterbrochenes Hitlergerede in Kombination mit bedrohlicher Musik begreiflich wird – daß nämlich Hitler bei genauerer Betrachtung ein Verbrecher war –, das wissen die Österreicher längst. Im Gegensatz zu den Deutschen haben sie aber ein differenziertes Verhältnis zum Verbrecher, er imponiert ihnen manchmal. Nicht durch seine Tat, aber doch durch die Ausführung, denn Mord ist dem Österreicher nicht nur eine Frage der Moral, sondern auch der Technik. Läßt sich nicht auch hier saubere von schlampiger Arbeit unterscheiden? Kann man dem Schlawiner, der sich jahrelang nicht erwischen läßt, die Bewunderung versagen? Mit diesem Nicht-erwischt-Werden, dieser Professionalität, steht und fällt die Bewunderung. Dem Täter nämlich, der gefaßt wird, gönnt der Österreicher nichts als die volle Härte des Gesetzes und die schwerste Strafe – so will es sein ausgleichender Charakter. Der Fall Hitler befriedigt unter diesem Gesichtspunkt nur wenig: Zwar konnte Hitler hinter dem Rücken der Österreicher jahrelang unauffällig morden, nach dem Krieg aber wurden seine Komplizen nur sehr nachsichtig bestraft. (Andererseits weiß der Österreicher auch, wann es genug ist. Wenn schon fünfzig Millionen gestorben sind, warum sollte man dann auch noch zehn oder fünfzehn Kriegsverbrecher hängen?)

Die Antwort auf die Frage, warum die Deutschen bis heute so an Hitler kleben, lautet wohl: weil sie keine FPÖ haben, die das für sie erledigt. Auch hier ließe sich von Österreich lernen, das sich gleich drei rechtsradikale Parteien hält. Genügt denn nicht eine einzige? höre ich fragen, und ich entgegne: je mehr, desto besser. Denn rechtsradikale Parteien sind vielseitig verwendbar. Erstens schaffen sie Arbeit: Journalisten, Politikwissenschaftler und Kabarettisten, Schriftsteller und Mahner wären in einem Österreich ohne Rechtspopulisten arbeitslos. Arbeitslos wären auch viele Österreicher, die den Rechten als Nationalräte, Minister oder Landtagsabgeordnete dienen. Zweitens: Rechtsradikale spalten sich gerne voneinander ab. Das BZÖ (»Bündnis Zukunft Österreich«) ist eine FPÖ-Abspaltung, die FPK (»Freiheitliche Partei Kärnten«) eine BZÖ-Abspaltung, und diese regelmäßigen Spaltungen sorgen für Pluralismus und garantieren Österreich ein breites politisches Spektrum. Erfreulicherweise – und drittens – ist der politische Diskurs trotz dieser Parteienvielfalt sehr übersichtlich, die einzelnen Fraktionen stimmen fast immer überein, zumindest in den Hauptfragen der österreichischen Politik: Einwanderung, Überfremdung, Asylmißbrauch, Islamismus, Ausländerkriminalität und Weltjudentum.[5]

Um vom österreichischen Rechtspopulismus zu profitieren, müßten die Deutschen nicht einmal eine eigene Partei gründen. Sie könnten, in einer Art Faschismus-Franchise, eine der sich rasch vermehrenden österreichischen übernehmen – zumal sich diese in Deutschland oft recht wohl fühlen. Ob sich aber eine deutsche FPÖ gut entwickeln würde, ist zweifelhaft, denn der deutsche Wähler ist dem Rechtsradikalismus entwöhnt. Das Rechteste, was er wählt, ist CDU; eine Partei, die gesellschaftspolitisch leicht links von den österreichischen Sozialdemokraten steht. Wolfgang Schäuble, Stefan Mappus, Horst Seehofer, Roland Koch, rechter schaffen es die Deutschen einfach nicht, sosehr sie sich

5 Vom »Weltjudentum« spricht in Österreich natürlich niemand. Sätze, in denen es um Juden geht, beginnen im Gegenteil stets mit der Einleitung, man habe nichts gegen Juden, und schließen mit der Erklärung, das eben Gesagte sei nicht antisemitisch gemeint – wohl in keinem anderen Land der Welt distanziert man sich so oft so deutlich vom Antisemitismus. Ein deutscher jüdischer Funktionär hat einmal gemeint, er habe kein Problem damit, als Arschloch bezeichnet zu werden – »jüdisches Arschloch« jedoch verbitte er sich. Wenn ich hier einmal österreichisch vermitteln dürfte: Gerade wer einen Juden zusatzlos als »Arschloch« bezeichnet, muß sich den Verdacht gefallen lassen, Antisemit zu sein, »Arschloch« zu sagen und »Jude« zu meinen. Wer aber »jüdisches Arschloch« sagt, der trennt die beiden Begriffe, die vielen so nahe beieinanderzuliegen scheinen; ja, er scheidet das jüdische Arschloch explizit von jüdischen Nichtarschlöchern. Wer ergo Juden Juden nennt und sie im selben Satz beschimpft, der ist eins jedenfalls nicht: ein Antisemit. Nicht in Österreich.

bemühen. Schäuble ist CDU-Finanzminister und gilt als besonders konservativ. Früher war er Innenminister und sagte Sätze wie: »Der Islam ist Teil Deutschlands und Teil Europas, er ist Teil unserer Gegenwart und er ist Teil unserer Zukunft.« Würde ein Innenminister der ÖVP oder der SPÖ diesen Satz mit Bezug auf Österreich sagen, er könnte am selben Tag sein Ministerium zusammenpacken und nach Istanbul übersiedeln. Am ehesten wäre der Satz noch in der FPÖ vorstellbar – als Warnung.

Das ehemalige Hitlerdeutschland ist heute bieder geworden, seine Politiker langweilig und zivilisiert. Wenn man die Deutschen darauf anspricht, sind sie beleidigt und wollen mit alten Nazis renommieren, die angeblich in der Bundesrepublik Karriere gemacht hätten. Sehr viele sind es nicht, sie müssen also sparsam verwendet werden. Meistens wird Hans Filbinger hervorgeholt oder Staatssekretär Hans Globke, der im Dritten Reich Referent des Innenministeriums und Kommentator der Nürnberger Rassengesetze war. Zum Vergleich Österreich: wo der SPÖ-Innenminister Czettel wirkte, früher NSDAP; der SPÖ-Landwirtschaftsminister Weihs, früher NSDAP; der SPÖ-Landwirtschaftsminister Öllinger, früher SS; der SPÖ-Landwirtschaftsminister Haiden, früher NSDAP; der ÖVP-Finanzminister Kamitz, früher NSDAP; der SPÖ-Bautenminister Moser, früher NSDAP; der SPÖ-Innenminister Rösch, früher Lehrkörper an einer

Napola; der SPÖ-Verkehrsminister Frühbauer, früher NSDAP; der SPÖ-Staatssekretär Korp, früher NSDAP; der Tiroler ÖVP-Landeshauptmann Wallnöfer, früher NSDAP; der burgenländische SPÖ-Landeshauptmann Kery, früher NSDAP; die Kärntner SPÖ-Landeshauptmänner Piesch und Wagner, früher NSDAP bzw. stolzer »hochgradiger Hitlerjunge«; der steirische SPÖ-Landeshauptmannstellvertreter Schachner-Blazizek, früher NSDAP; der SPÖ-Bundespräsident Schärf, früher Ariseur; der ÖVP-Bundespräsident Waldheim, früher Reiter-SA; der NSDAP-Landwirtschaftsminister Reinthaller, später FPÖ. Als die Amerikaner 1945 einen Landeshauptmann für Oberösterreich suchen, entscheiden sie sich für den parteilosen Adolf Eigl, einen Mann, den sie nach ein paar Monaten Amtszeit peinlich berührt ins Anhaltelager für ehemalige Nationalsozialisten stecken. Man darf davon ausgehen, daß all diese Minister, Landeshauptmänner und Bundespräsidenten des öfteren die Nürnberger Rassengesetze kommentiert haben. Ich nehme an, ähnlich wohlwollend wie Globke, wenn auch wahrscheinlich nicht professionell, sondern eher wie österreichische Sportkommentatoren: spielerisch, mit Schmäh und ohne geheuchelte Objektivität.[6]

6 Es fällt auf, daß die Mehrheit der hier erwähnten ehemaligen NSDAP- und SS-Mitglieder später zur SPÖ gefunden hat. Die ÖVP-Politiker der Nachkriegszeit bevorzugten in ihrer Jugend den Austrofaschismus. Der Nationalsozialismus war ihnen zu wenig national.

Wem aber gehört denn nun Hitler? Deutschland? Österreich? Seien wir fair: Hitler war ein Gemeinschaftsprodukt. Die Deutschen allein hätten diesen genialen Zerstörer niemals hervorgebracht. Doch ohne ihre Liebe zur Obrigkeit und ihre Neigung, jedem hinterherzulaufen, der eine interessante Uniform trägt, hätte es der Österreicher Hitler mit seinem destruktiven Trieb und seinem unbedingten Willen zum Untergang nicht weit gebracht. Wem wären die Deutschen gefolgt, hätte ihnen niemand Hitler geschickt? Hindenberg? Hugenburg? Und wäre Hitler im mißgünstigen Wien je so weit gekommen? Schon auf der ersten Parteiveranstaltung hätte sich ein Defätist gefunden, um ihn zu entmutigen: »Bittsie, wer ist denn der Hitler! Den kenne ich ja noch aus Braunau, wie er noch so klein war – wie soll denn der Bengel ein Tausendjähriges Reich zusammenbringen?«, und ein zweiter: »Weltkrieg, Holocaust – was das wieder kostet!«

Wäre Hitler in Österreich geblieben, er hätte höchstens in Ungarn einmarschieren können. Der Zweite Weltkrieg hätte eine Woche gedauert und wäre am 8. September 1939 entschieden gewesen. Hitler hätte sich fünfeinhalb Jahre früher erschossen. Amerikaner und Russen hätten Österreich geteilt anstatt Deutschland, der östliche Part mit Niederösterreich, Wien und dem Burgenland wäre kommunistisch geworden, und Nachkriegskanzler Leopold Figl hätte sich für seine westösterreichische Bundesrepublik eine neue Hauptstadt suchen müssen: Linz, Graz oder Klagenfurt. Oder, weil sowieso schon alles egal gewesen wäre: Braunau. Der Zorn der *Kronen Zeitung* würde sich bis heute gegen die Kommunisten richten; für Ausländer hätte sie nichts übrig. 1961 hätte das kommunistische Zentralkomitee entlang der innerösterreichischen Grenze eine Mauer errichtet, mit der Enns, die zwischen Ober- und Niederösterreich fließt, als natürlichem Burggraben. In Ostwien wären nach dem Abbruch von Stephansdom und Staatsoper prächtige Repräsentativbauten errichtet worden, japanische Touristen würden heute den »Palast des österreichischen Arbeiters« besichtigen. In den Siebzigerjahren wäre Bundeskanzler Bruno Kreisky zu den ersten österreichisch-österreichischen Gesprächen nach Eisenstadt gereist, um dort den KPÖ-Staatsratsvorsitzenden Alfred Hrdlicka zu treffen (ein anderer österreichischer Kommunist fällt mir nicht ein). Den Wiener Liedermachern Wolfgang Ambros und Rainhard Fendrich wäre nach einigen Konzerten im Westen die ostösterreichische Staatsbürgerschaft aberkannt worden, worauf sie emigriert wären und heute ÖVP wählen würden.

1983 wäre ich in Karl-Seitz-Stadt (heute: St. Pölten) zur Welt gekommen. Für die Rede von US-Präsident Ronald Reagan an der Wiener Mauer (»Mr Hrdlicka, tear down this wall!«) zu jung, würde ich mit meiner Kindheit in Ostösterreich vor allem Wienerwaldgurken, Märchenfilme und Tschechienurlaube verbinden. »Checkpoint Blecha-Charly«, benannt nach dem Innenminister der Wendezeit, wäre heute ein Museum, doch immer noch würden sich die Österreicher als »Wösis« und »Östis« definieren, Aufbauhilfe flösse in den Osten, junge Frauen flössen in den Westen.

Was wären die Österreicher heute für Menschen? Wären sie wie die Deutschen? Und wie wären dann die Deutschen?

Hitler und Deutschland haben sich auseinandergelebt. Wenn ein Deutscher heute ein Restchen Rassismus in seiner Seele entdeckt, schämt er sich dafür. Der Österreicher akzeptiert es als Teil seiner Persönlichkeit. Ich merke es an mir selbst: Daheim bin ich rassistischer als in Deutschland. Während ich in Deutschland jegliche Form von Überfremdung goutiere, stört sie mich in Österreich; nicht so sehr um meiner selbst willen, sondern weil ich die Österreicher kenne. Ich weiß, wie leicht sie sich aufregen, wie empfindlich sie sind, und möchte ihnen den Anblick allzu vieler Ausländer nicht zumuten. In Deutschland sollen meinetwegen die Moscheen und Minarette sprießen, sollen Ausländer die öffentlichen Verkehrsmittel überfüllen – die Deutschen vertragen das. In Österreich sind es immer »meine« Ausländer, für die ich mich verantwortlich fühle. So und nicht anders ist die scheinbare österreichische Fremdenfeindlichkeit zu interpretieren: Der einzelne Ausländer, der vom Österreicher in der Straßenbahn angeschnauzt wird, weil er nicht aufsteht / sich nicht hinsetzt / nicht aus dem Weg bzw. nicht überhaupt zu Fuß geht, und zwar nach Hause – dieser einzelne

Ausländer ist nie persönlich gemeint. Der Österreicher kritisiert im Einzelexemplar die abstrakte Idee des Ausländers an sich; er nimmt den Ausländer in Schutz, indem er seine unbezwingbare Natur anerkennt, nicht anders handeln zu können denn als Ausländer.

In Österreich herrscht das freie Wort, zu Ausländern und Inländern, zu Rassefragen und Nationalsozialismus. Jeder darf sagen, was er denkt, auch Hitlerkritiker – ihnen zuliebe gibt es das Verbotsgesetz, als kleine Geste der Versöhnung gegenüber den Antifaschisten, denen man nicht ewig böse sein soll. Auch die Frage, ob Österreich eher Täter oder Opfer des Dritten Reichs gewesen ist, wird differenziert betrachtet: Als Staat war Österreich Opfer Nr. 1, wer nach dem Anschluß im Dritten Reich mitarbeitete, war Deutscher oder höchstens Ostmärker. Und nicht einmal der Alt-Österreicher Hitler muß ganz darauf verzichten, Opfer gewesen zu sein: wurde doch selbst er in den letzten Stunden des Dritten Reiches von einem fanatischen Nazi erschossen.

Daß der Attentäter Hitler damit zugleich den einzigen erfolgreichen Anschlag auf den Führer verübt hat, ist ein Verdienst, welches sich nicht einmal der vielverehrte deutsche Widerstandskämpfer Stauffenberg nachrühmen lassen kann.

Mein lieber Neffe!

Es ist Deine Tante Elsa, die Dir hier schreibt. Du wirst erstaunt sein, nicht meine Handschrift zu lesen. Wie Du Dich erinnerst, war diese immer sehr zierlich – zu zierlich inzwischen für meine alten Augen, und ich möchte ja wissen, was ich schreibe. Deshalb diktiere ich diese Worte der Oberschwester, Sr. Bonaventura.

Mein Bruder Erwin und seine Frau, Deine Tante Anna, waren bei mir. Leider haben sie Deine Buchkapitel bei mir vergessen. Schwester Emmerenzia hat mir gestern daraus vorgelesen, aus dem fünften Kapitel. Es gefällt mir ausgesprochen gut, besonders die Stelle, wo Du die Blumen pflückst, damit sie das Schaf nicht abfressen kann. Und dann später die Episode auf dem Rummelplatz mit der Zuckerwatte. Und wie Du dann in die Kirche gehst, um zu beichten, daß Du Dir den Magen verdorben hast, und die restliche Zuckerwatte dem kleinen Schaf gibst. Ich habe gleich die Oberschwester überredet, Dein Deutschlandbuch in die Heimbibliothek aufzunehmen, falls es gedruckt wird. Zwei aus meinem Stockwerk werden das Buch kaufen. Die Haidinger Maria, die schon ein bißchen senil ist, und die Schranzer Elfi, die Angst vor mir hat. Sie haben mir's geschworen, beim Leben der Sr. Walburga. Um die wär's schad, die ist noch jung.

Du weißt, ich habe zwölf Jahre in Deutschland gewohnt. Wenn einer aus der Familie die Rede darauf bringt, halte ich mir das gute Ohr zu. Als mir Erwin und Anna Dein Buch gebracht haben, habe ich es sogar von mir weggestoßen, denn mit Deiner Familie kann man einfach nicht über dieses Thema reden. Letztens, am Telefon, habe ich dem Erwin stattdessen etwas aus dem letzten »Tatort« erzählt, der im Fernsehen gekommen ist. Als ich erwähnt habe, daß die Folge in Deutschland gedreht wurde, hat er aufgelegt.

Es war seinerzeit für Deine Familie ein großer Schreck, daß ich nach Deutschland gegangen bin. Ein noch größerer Schreck war, als ich zurückgekommen bin und erzählt habe, daß es mir insgesamt sehr gut gefallen hat.

Es grüßt Dich
Deine Tante

SECHSTES KAPITEL

Kurzbesuch in Wien. Was stellt mein Gehirn mit der Stadt an? Drei Versuche, das Heimweh zu kultivieren. Wie funktioniert der österreichische Film? Erster Versuch gescheitert. Ein bescheidener Vorschlag, aus der österreichischen Literatur süßes Heimweh zu saugen: zweiter Versuch gescheitert. Dritter Versuch: die *Kronen Zeitung*.

Für drei Tage war ich in Wien. Ungewohnt war es, drei Tage lang von Vögeln geweckt zu werden und nicht, wie in meiner deutschen Wohnung, von Laubsaugern. Ungewohnt, Wien als Besucher zu erleben, und ungewohnt, den mir so vertrauten, vielleicht schon etwas eingerosteten Zungenschlag zu gebrauchen; Menschen auf der Straße anzusprechen und sofort die Verbundenheit mit ihnen zu spüren, wenn sie mir im selben vertrauten Zungenschlag antworten: »Wie schön, daß Sie sich so für Wien interessieren! Sind Sie Bayer?«

So, wie ich in meinen ersten Frankfurter Wochen immer das Gefühl hatte, am Ende der nächsten Seitengasse müßte der Wiener Heldenplatz liegen, müßten die Steinhofgründe lauern, so bin ich in Wien das Gefühl nicht losgeworden, gleich auf den St. Pöltner Dom zu stoßen oder den St. Pöltner Rathausplatz. Das hat mich verwirrt. Daß mir mein Gehirn in Frankfurt Wien vorspielt, sehe ich ein, schließlich tröstet mich das. Aber was sollen in Wien die Erinnerungen an St. Pölten? Und was ließe sich mein Gehirn für längst verlassene Stätten einfallen, wenn ich einmal in St. Pölten spazierenginge? Den noch kleineren, noch unurbaneren Uterus?

Zurück in Deutschland, finden meine verwirrungsbedingt aufgestauten Heimwehgefühle schnell wieder in ihre ausgespülten Kanäle zurück, und ich bekomme Lust, dieses frisch fließende Heimweh zu zelebrieren. Wien hat es nicht geschafft, das einzulösen, was mir mein deutsches Heimweh vorher versprochen hat. Wo war die Erlösung? Wo war die Hauptstadtprominenz? Wo waren die Reichen und Berühmten, die nirgendwo anders als in Österreich wohnen wollen? Alles, was ich gesehen habe, habe ich schon gekannt …

Ich muß künstlich nachhelfen, meine Heimat samt Heimweh wieder heraufzubeschwören. Und künstlich, das heißt: mit den Mitteln der Kunst.

Als erstes probiere ich es mit dem österreichischen Film. Was ein österreichischer Film braucht, wenigstens bis ins Jahr 1963, ist Hans Moser. Es gibt, wenn ich mich nicht verzählt habe, 137 Tonfilme mit Hans Moser, was bedeutet, daß er zwischen dem fünfzigsten und dem vierundachtzigsten Lebensjahr durchschnittlich alle drei Monate einen Film gedreht hat. Dann ist er gestorben. Hans Moser spielt in seinen Filmen Buchhalter,

Gastwirte, Kellner, Kanzleiräte, Hausmeister, Trafikanten, Gärtner, Pförtner, Dienstmänner, Privatiers, Gefängniswärter, Pfandleiher, Schlafwagenschaffner, Ofenheizer, Briefträger, Bäcker, Flickschuster, Clowns, Bürgermeister und den Zauberkönig. Seine Kunst ist unverwechselbar: Er spielt stets Hans Moser, der einen Buchhalter, Gastwirt, Kellner, Kanzleirat, Hausmeister, Trafikanten, Gärtner, Pförtner, Dienstmann, Privatier, Gefängniswärter, Pfandleiher, Schlafwagenschaffner, Ofenheizer, Briefträger, Bäcker, Flickschuster, Clown, Bürgermeister oder den Zauberkönig spielt. Ich stelle mir vor, daß Hans Moser Hans Moser erfand, weil er zwei, drei oder vier Filme parallel drehen mußte, also vielleicht im Jahr 1935, als er in insgesamt zwölf Rollen auftrat[7]. Innerhalb weniger Stunden vom Kanzleirat in den Hausmeister zu schlüpfen oder vom Dienstmann in den Bürgermeister verlangt ausgesprochen große Wandlungsfähigkeit, wenn – ja, wenn man sich nicht eine Figur erfindet, die als Bindeglied zwischen all diesen Rollen fungieren kann: Hans Moser.

Als Hans Moser tot war, übernahm Peter Alexander. Peter Alexander löst in seinen Filmen jedes noch so

7 Gasthofbesitzer Adlgasser in *Der Himmel auf Erden,* der alte Kernthaler in *Vorstadtvarieté,* Friseur Swoboda in *Frühjahrsparade,* Ludwig Schigl in *Familie Schimek,* Knox in *Knox und die lustigen Vagabunden,* Leopold Prinz in *Winternachtstraum,* Melchior Pfennig in *Nur ein Komödiant,* Diener Anton in *Die ganze Welt dreht sich um Liebe,* Sekretär Färber in *Die Fahrt in die Jugend,* Prokurist Vinzenz Wimmer in *Eva,* Oberkontrollor Karl Vierthaler senior in *Endstation,* Buchhalter Schnabel in *Buchhalter Schnabel.*

verzwickte Problem, indem er sich als Frau verkleidet. Heute ist Peter Alexander wohlhabend und berühmt, dreht aber keine Filme mehr – was schade ist. Es hätte mich sehr interessiert, wie er die dramaturgischen Knoten von *Jurassic Park, Wir Kinder vom Bahnhof Zoo* und *Schindlers Liste* gelöst hätte.

Seit Peter Alexander pensioniert ist, bestreiten Kabarettisten den österreichischen Film. Josef Hader, Erwin Steinhauer, Lukas Resetarits, Roland Düringer, Alfred Dorfer oder Michael Niavarani, einer davon ist in jeder österreichischen Produktion zu sehen. Die weibliche Hauptrolle spielt immer Nina Proll, die sich manchmal von Birgit Minichmayr doubeln läßt. (Wie gesagt: Peter Alexander ist pensioniert.)

Der österreichische Gegenwartsfilm ist am besten durch das Wort »hinterhältig« charakterisiert, am liebsten spielt er in einer ländlichen Idylle. Daß diese Idylle trügt, merkt der Zuschauer erst nach ungefähr zehn Sekunden. Jemand dringt in diese Idylle ein: ein Zugereister, ein Besucher, ein neuer Lehrer, ein strafversetzter Polizist. Der Eindringling ist optimistisch und freut sich auf das Landleben. Aber die Dorfbewohner, denen er begegnet, sind verschlossen und mißtrauisch. Der Bürgermeister ist scheinbar jovial und empfängt den Eindringling mit ruppiger Herzlichkeit, welche in Wahrheit nur seine zynische Brutalität maskiert. Der Eindringling merkt nichts. Der Pfarrer ist freundlich, betreibt aber gemeinsam mit dem Bürgermeister das Dorfbordell. Der Eindringling merkt nichts. Unauffällig und wortlos sitzt am Anfang des Films der Dorftrottel vor einem halbvollen Krügel Bier in einer Ecke im Wirtshaus.

Kaum hat sich der Eindringling eingewöhnt, stirbt plötzlich jemand. Einer der folgenden Tode kommt in Frage: a.) unter einen Traktor geraten oder in eine Häckselmaschine fallen, b.) in einem Weinkeller ersticken, c.) mit einem Eiszapfen erschlagen werden, d.) an einem Strick vom Kirchturm baumeln oder e.) betrunken im Schweinestall stolpern und von den eigenen Schweinen gefressen werden.

Die verschlossenen und mißtrauischen Dorfbewohner werden noch verschlossener und noch mißtrauischer. Wenn der Eindringling jetzt über den Dorfplatz geht, wird er nicht mehr von der stummen alten Fensterguckerin beobachtet, die ihn bisher immer beobachtet hat. Sie zieht energisch den Vorhang zu. Der Wirt, der bisher ein Viertel vor den Eindringling gestellt hat, wenn dieser sich ins Wirtshaus gewagt hat, schlägt ihm nun die Tür zu, an der ein »Geschlossen«-Schild hängt. Dem Eindringling wird das unheimlich. Allmählich merkt er: Jeder im Dorf hat ein Geheimnis, das entweder etwas mit Inzest oder mit Nationalsozialismus zu tun hat. Und er merkt, daß alle voneinander abhängig sind. Als einziger Aufrechter stellt sich überraschenderweise der Dorftrottel heraus, der zwar etwas langsam ist, aber ein gutes Herz hat. Kurz überlegt der Eindringling, nach Wien zurückzukehren, aber dann gibt ihm die

Prostituierte aus dem tschechischen oder slowakischen Grenzgebiet einen Tip: In der Mordnacht hat sie den Bürgermeister schwer betrunken, mit blutigen Händen und ohne Hose über den Dorfplatz wanken sehen. Der Eindringling faßt plötzlich Mut und geht ins Rathaus. Als er den Bürgermeister mit seinem Verdacht konfrontiert, wird jener erst ganz ruhig, hört sich alles an, dann bricht ein monströses Gelächter aus ihm heraus, und er bietet dem Gast einen Schnaps an. Er schließt die Tür ab. Mit großer Liebe zum Detail erzählt er jetzt, hinter dem Eindringling stehend, die Hände auf dessen Schultern, wie und wann und warum er den Mord begangen hat, und schnell bemerkt der Eindringling, daß sich der Bürgermeister absolut sicher fühlt. Sein Blick fällt auf die Porträts, die hinter dem Schreibtisch an der geschmacklos gemusterten Tapete hängen: der Nationalratsabgeordnete, der Landeshauptmann, der Diözesanbischof. Mit einem Schlag wird ihm klar: Sie stecken alle zusammen, sie alle decken den Bürgermeister. Die Republik ist verrottet.

Der Bürgermeister wird wiedergewählt. Die Prostituierte wird abgeschoben. Am Ende sitzt der Eindringling am Ortsrand auf einer Bank, es ist Hochsommer und die Luft wie aus Glas. Der Dorftrottel schlendert vorbei, setzt sich neben ihn, klopft ihm bedauernd aufs Knie und sagt einen einzigen Satz, der den ganzen Film resümiert. Dem Zuschauer bleibt das Augenzwinkern im Hals stecken. Unter ironischer Blasmusik läuft der

Abspann, der Film wird von der deutschen Presse als »bitterböse, rabenschwarze Heimatgroteske« gefeiert.

Rabenschwarz, bitterböse: Das mag der deutschen Presse Fernweh bescheren, mir beschert es kein Heimweh. Mein zweiter Versuch: die österreichische Literatur. Ich habe mir viel davon versprochen, unter einem Baum zu sitzen, auf Frankfurt hinunterzuschauen und österreichische Bücher zu lesen, zehn, zwanzig Seiten Jelinek, Bernhard, Albert Drach oder Peter Handke. Aber das angenehme Ziehen des Herzmuskels, das ich bei Heimweh immer bekomme, hat sich nicht eingestellt. Stattdessen Ärger. Österreichische Autoren leiden immer nur – und zwar an Österreich. Lächerlich. Die sollten einmal an Frankfurt leiden!

Um das Leid zu mildern, habe ich mir einen schönen, farbenprächtigen Österreichführer gekauft, als Komplementärliteratur zu Bernhard, Jelinek, Drach und Handke. Ihn lese ich parallel zum jeweiligen Buch. Bei Thomas Bernhards *Verstörung* funktioniert es recht gut: »Am 26.«, steht dort, »fuhr mein Vater schon um zwei Uhr früh zu einem Lehrer nach Salla, den er sterbend angetroffen und als Toten gleich wieder in Richtung Hüllberg verlassen hat, um dort ein Kind zu behandeln, das im Frühjahr in einen mit siedendem Wasser angefüllten Schweinebottich ...« – schon schlage ich das Buch zu und den Österreichführer auf: »Die südsteirische Ortschaft Salla mit ihren 296 Einwohnern ist das Juwel des Bezirks Voitsberg. Über dem Dorf grüßt die Ruine Klingenstein, die sich von Salla aus bequem erwandern läßt und einen herrlichen Rundblick über Salla bietet. Besonders sehenswert: das Waldglasmuseum und die regionaltypischen Wurzelschnitzereien. Auch der Erlebnisfischteich Brandner lohnt einen Besuch. Wer gescheit ist, bedient sich an den übervollen Heidelbeersträuchern rund um Salla, die Einheimische und Touristen gleichermaßen zum Naschen verlocken.« Kommt da Heimweh auf? Anflugsweise wenigstens? Weiter, weiter!

Elfriede Jelinek, *Die Kinder der Toten,* Mariazeller Kapitel: »Diese Kirche hat ihre tägliche Blutung. Es schwappen über die Ränder der Schmutzwasserkübel, hoch auf den Kämmen der Wogen, jauchzend, daß die Häßlichkeit ihrer alten, eckigen Regimes beseitigt ist, die neu geschaffenen Rechtschaffenen hinaus« – ah, Mariazell! Sogleich schlage ich im Österreichführer nach: »Der nordsteirische Wallfahrtsort Mariazell verfügt über 2000 Einwohner und ist auch als Wintersportplatz sehr beliebt. Von ferne grüßt der Ötscher. Mit seiner heilklimatisch günstigen Lage – 868 Meter über dem Meeresspiegel – ist Mariazell als Luftkurort bekannt; geradezu berühmt ist es für seine dreitürmige Gnadenbasilika, die von der Literaturnobelpreisträgerin Elfriede Jelinek wie folgt beschrieben wurde: ›Diese Kirche hat ihre tägliche Blutung. Es schwappen über die Ränder der Schmutzwasserkübel ...‹«

Es gelingt mir nicht, mein Heimweh zu kultivieren. Also beschließe ich, es zu ersticken, und zwar mit der *Kronen Zeitung*. Die *Kronen Zeitung* läßt Heimweh nicht zu: Wer sie liest, ist froh, nicht in Österreich zu wohnen, wo ihm die EU-Bürokratie das Geld aus der Tasche zieht und Ausländerhorden die Wohnung ausrauben, wo ihn Gutmenschen für dumm verkaufen und ihm vor lauter politischer Korrektheit die Meinung verbieten, wo Linksextremisten ihm das Auto anzünden und organisierte Bettlerbanden sein großes Herz ausnützen, wo die Wahrheit unterdrückt wird und es als einzige Zeitung die *Kronen Zeitung* gibt.

Die *Kronen Zeitung* ist ein komplexes Blatt, das mindestens vier deutsche Zeitungen ersetzt. Ihr Layout ist konservativer als das der *FAZ*, ihr Inhalt leichter zu erfassen als der von *Bild*, für Österreich ist sie wichtiger als *Spiegel*, *Zeit* und der gesamte Springerverlag für Deutschland. Die *Kronen Zeitung* ist die Essenz dieser Zeitungen.

In Deutschland schreiben Franz-Josef Wagner, sozialdemokratische Bürgermeister, rechtsradikale Dichter, katholische Erzbischöfe und Helmut Schmidt für unterschiedliche Zeitungen. In Österreich arbeiten sie für die *Kronen Zeitung*. Statt Franz-Josef Wagner verschickt Michael Jeannée »Post von Jeannée«, statt »Auf eine Zigarette mit Helmut Schmidt« geht die *Kronen Zeitung* »Auf eine Melange mit Hans Dichand«, dem 89jährigen Herausgeber, der für Österreich wichtiger ist als Helmut Schmidt und all seine Nachfolger für Deutschland.[8] Der Wiener Erzbischof hat seine Sonntagskolumne in der *Kronen Zeitung,* der frühere Wiener Bürgermeister diente ihr als Ombudsmann.

Was die *Kronen Zeitung* einzigartig macht und warum sie sich von bekannten deutschen Boulevardblättern abhebt, mag eine Gegenüberstellung der Kolumnisten Franz-Josef Wagner und Michael Jeannée zeigen: Wagner ist ein alter Rechter und *Bild*-Kolumnist. Er läßt sich mit fettiger Frisur und unvorteilhafter Zahnlücke abbilden. Er gesteht, daß er Alkoholiker ist, keine Frau findet und hin und wieder beim Türken einkaufen geht. Das ist menschlich. Michael Jeannée ist ein alter Rechter und *Krone*-Kolumnist. Er posiert mit grauer Haarmatte, glimmender Zigarre oder schwarzglänzender Füllfeder und hält es für ein Gottesgericht, wenn vierzehnjährige, unbewaffnete Einbrecher von der Polizei erschossen werden. Das ist herrenmenschlich.

Wenn Wagner einen bösen Gedanken hat, verschüttelt er ihn auf dem holprigen Weg durch die Zeilen. Der aus Vorurteilen zusammengekittete Gedanke liegt am Ende in Scherben. Und Wagner lächelt sein Zahnlückenlächeln dazu. Jeannées böse Gedanken hingegen stoßen sich an jeder schiefen Formulierung, gehen

8 Was aber nicht bedeutet, daß die *Kronen Zeitung* auf die Mitarbeit von Bundeskanzlern verzichten muß: Der aktuelle Amtsinhaber veröffentlicht seine politischen Ideen exklusiv in der *Kronen Zeitung.* Nicht als Gastkommentar, sondern als Leserbrief.

dabei aber nicht zu Bruch, sondern werden nur noch böser. Sie geraten in eine hilflose Wut wie eine Wespe unterm Käsesturz.

Die *Kronen Zeitung* habe ich jetzt abonniert. Das Heimweh ist erstickt, für Wochen zumindest. Ich lese von Ausländern und Kinderschändern, von Bettlerhorden und Trafikantinnenmorden, von Unirandalen und Linksradikalen. Bis ich, der Jungabonnent, an einem warmen Junifreitag eine Ausgabe der *Kronen Zeitung* aus meinem Frankfurter Postkasten ziehe, die das schwarzweiße Gesicht des Gründers und Herausgebers auf ihrem Titel trägt: Hans Dichand, 89, ist tot. Die Folgen dieses Todes sind mir nicht sofort bewußt, sieht doch die *Kronen Zeitung*, die ich in Händen halte, genauso aus wie alle *Kronen Zeitungen* vor ihr. Zudem ist man als Mitarbeiter dieser Zeitung nie endgültig tot – der berühmte Kräuterpfarrer Weidinger hatte noch Jahre nach seinem Ableben eine feste Kolumne, in der täglich von Heilpflanzen und Heilkräutern zu lesen war; ein zugegeben erdnahes Thema.

Doch als ich die Zeitung aus der Hand lege, spüre ich Beklemmung. Für heute mag es gutgegangen sein. Aber was wird aus der *Kronen Zeitung* – ohne Dichand? Über fünfzig Jahre hat er sie geleitet. Über drei Millionen Leser hat er ihr zugeführt. Er hat Parteien großgemacht, Atomkraftwerke verhindert und Nationalparks gerettet, ihm waren Regierungen verpflichtet, von ihm haben sich Bundespräsidenten die Politik erklären lassen. Was wird aus Österreich – ohne Dichand? Ich schlage noch einmal die heutige Ausgabe auf, in der der Kronedichter Wolf Martin schreibt:

»Ein Großer ist von uns gegangen.
Sein Lebenswerk, es bleibt bestehn.
Was Österreich von ihm empfangen,
es lebt im Geist, wird nie vergehn.«

Nie?

»Ein Vater jedem Mitarbeiter,
ein Vater für das ganze Land,
in unsern Herzen lebt er weiter,
uns einend durch der Treue Band.«

Ja, aber wie lange?

Und plötzlich steht mir ein Städtename vor Augen: Essen. Die *Kronen Zeitung* gehört zur Hälfte dem Verlag der *WAZ,* der *Westdeutschen Allgemeinen Zeitung,* ansässig in Essen. Dichand hat die Essener vor Jahrzehnten beteiligt, um einen Konkurrenten auszukaufen. Inhaltlich hatte die *WAZ* nie etwas mitzureden, die Blattlinie oblag allein Dichand, der bis zu seinem Tod Herausgeber blieb. Wird sich die *WAZ* künftig stärker einmischen? Wird die *Kronen Zeitung* – deutscher?

Essen ist eine Stadt im Ruhrgebiet. Die Menschen dort stammen von Bergarbeitern ab. Das Ruhrgebiet ist eine Gegend, die von ganz Restdeutschland verspottet, geschmäht und geringgeschätzt wird, so daß die wie Metastasen ineinanderwuchernden Städte Duisburg, Gelsenkirchen, Bochum, Dortmund, Bottrop, Castrop-Rauxel, Wanne-Eickel, Mülheim an der Ruhr und eben: Essen unter einer Glocke von Kohlestaub einen kollektiven Minderwertigkeits- oder eigentlich *Wertlosigkeits*komplex ausbrüten. Nun ist die Kenntnis und Nutzung von Minderwertigkeitsgefühlen nicht nur ein unschätzbarer Vorteil, sondern eigentlich Voraussetzung dafür, die *Kronen Zeitung* zu führen. Das macht die *WAZ* aus dem Ruhrgebiet auf den ersten Blick zum geeigneten Nachlaßverwalter Hans Dichands. Aber ich befürchte, daß die Essener mit dem speziell österreichischen Minderwertigkeitsgefühl nicht umgehen können. Der Österreicher, der sich minderwert fühlt, reagiert mit Zorn.[9] Der Essener hingegen mit außergewöhnlicher Zurückhaltung, mit Bescheidenheit und Scham, kurz: Er ergibt sich in seine Minderwertigkeit.

Ich war einmal in Essen. Wer als Tourist kommt, der wird freundlich empfangen – erst mit Staunen, daß sich überhaupt jemand für die Essener interessiert, dann mit leiser Freude und endlich mit einer Begeisterung, die an Golden Retriever erinnert. Wenn auch

9 Übrigens nicht mit Zorn auf die, denen es bessergeht. In Österreich neidet man nach unten: Eifersucht ruft immer der hervor, dem es schlechter geht, denn ihm neidet man das Elend, auf das man doch ein exklusives Anrecht zu haben glaubt.

nur ein weniges von diesem Geist in die *Kronen Zeitung* durchsickert! Eine Essener *Kronen Zeitung* wird neue Österreicher erschaffen: Österreicher, die auf Spott und Erniedrigung mit einem stillen Lächeln und Schulterzucken reagieren. Österreicher, die jeden Besucher mit offenen Armen empfangen. Österreicher, die sich manchmal ein bißchen für ihre Meinung genieren.

Was wäre das dann für ein Land! Keines jedenfalls, nach dem ich Heimweh haben müßte. Und keines, für das man im Ausland die *Kronen Zeitung* benötigte, dieses Heimweh zu ersticken!

Sehr geehrte Damen und Herren,

ich bitte Sie, mein Abonnement der *Kronen Zeitung* zum nächstmöglichen Zeitpunkt zu kündigen. Wie ich feststellen mußte, entwickelt Michael Jeannée in den letzten Wochen eine bedenkliche Neigung zur Menschlichkeit. Auch die FPÖ wird in letzter Zeit immer kritischer behandelt, und auf der Leserbriefseite finden sich Spuren von Vernunft. Ich vermute, daß dies mit dem Hinscheiden von Herausgeber Dichand zusammenhängt.

Ich bitte Sie um Bestätigung meiner Kündigung.

Ein enttäuschter Jungabonnent

SIEBENTES KAPITEL

Österreichische Schlamperei, deutsche Gründlichkeit – aber nicht auf Friedhöfen. Welches Volk liebt den Tod mehr? Ich entdecke einen rotweißroten Kranz auf dem Frankfurter Hauptfriedhof, gewidmet von der »Österreichischen Gesellschaft«. Was sind das für welche? Was machen die hier? Und will ich sie kennenlernen? (Lieber nicht.)

Ich spaziere über den Frankfurter Hauptfriedhof und mache mir folgende Gedanken:

Dürften die Deutschen einen Völkerwettstreit ausrichten, es wäre der um den Titel »Ordentlichstes Volk der Welt«. Ob sie den Österreichern ein Teilnahmeformular schicken würden? Der Ordnung halber: ja. Sie würden annehmen, daß dieses Formular über mindestens dreißig verschiedene Schreibtische geht, in mindestens fünfzehn Bearbeitungsschritten, zwischen denen jeweils drei Werk- und drei Feiertage liegen und ein zweimaliger Verlust durch die Hauspost. Sie würden ein unvollständig ausgefülltes Formular erwarten, unterschrieben, gegengezeichnet und zerknittert von mehreren Magistern, mit dem Stempel zweier Hofräte versehen, den kreisrunden Kaffeetassenabdrücken des zuständigen Sektionschefs und den Knackwurstflecken des Bundespräsidenten. Kurz, sie wären überzeugt, den Wettbewerb um den Titel »Ordentlichstes Volk der Welt« souverän zu gewinnen, während sie den Österreichern zutrauen würden, den Einsendeschluß um knappe drei Wochen zu verpassen.

Derart von ihrer Gründlichkeit und Ordnungsliebe überzeugte Deutsche würde ich gerne einmal auf einen deutschen Friedhof führen. Sie würden sich genieren – und merken, daß es wenigstens auf ihren Friedhöfen nicht ganz so ordentlich zugeht, wie sie gedacht haben. Und daß es ihnen gut anstehen würde, sich über fremde Schlampigkeit nicht allzusehr zu ereifern – weil nämlich in deutscher Erde ein Chaos herrscht, wie es in Österreich unvorstellbar wäre. Pech gehabt, ihr peniblen Herren Deutschen; Pech gehabt, Herr Siegfried Lindemann, 1903–1972, Herr Herbert Koppe-Hehlein, 1926–2007! (Ich lasse mich von zwei Grabsteinen inspirieren.) Das bittere Erwachen kommt nämlich erst, wenn ihr tot seid.

Ihr wart berühmt? Ihr habt ein Ehrengrab? Wieder Pech gehabt. In Österreich, vor allem in Wien, sind Ehrengräber am Friedhofseingang aufgelistet, gut ausgeschildert und von weitem sichtbar. In Deutschland liegen wichtige Tote neben unwichtigen, ganz ununterscheidbar. Man irrt von Gewann zu Gewann (so heißen, um die Konfusion zu vergrößern, die Abteilungen), man stolpert über Baumwurzeln oder zerkratzt sich an Hecken (denn die Deutschen lassen ihre Friedhöfe tatenlos zuwuchern), doch findet man nichts, nichts: nur Tote minderer Qualität. Wer stirbt, verschwindet. Nicht einmal der berühmteste Name schützt vor der Unordnung, die hier nach dem Tod über einen hereinbricht.

Ein Beispiel: Das Geschlecht der Hohenzollern brachte nur drei Kaiser hervor. Es ist eine kleine Herrscherdynastie, leicht zu überblicken und bequem in einem Familiengrab unterzubringen – so denkt man. Die Deutschen aber haben Kaiser Wilhelm I. in Berlin beigesetzt, Kaiser Friedrich III. in Potsdam. Kaiser Wilhelm II. haben sie sogar ins niederländische Utrecht ausgelagert.

Man beachte dagegen die Sorgfalt, mit der Österreich seine viel zahlreicheren Habsburger archiviert: Zu Hunderten liegen diese in der Kapuzinergruft, chronologisch geordnet von Kaiser Matthias bis Kaiser Franz Joseph, liebevoll etikettiert, samt Gemahlinnen, Prinzessinnen und Prinzen, und das schon seit 1633. Dagegen deutsche Kaisergrüfte: Jedes Gewürzregal ist besser geordnet. Schämen sich die Deutschen für ihre Monarchen? Nicht unbedingt, denn mit ihren Bundespräsidenten gehen sie nicht besser um, auch diese verstreuen sie quer über die Republik: Theodor Heuss – Waldfriedhof Stuttgart. Heinrich Lübke – Sundern-Enkhausen. Gustav Heinemann – Parkfriedhof Essen, Karl Carstens – Bremen, Johannes Rau – Berlin. Ganz zu schweigen von den Bundespräsidenten Walter Scheel, Richard von Weizsäcker, Roman Herzog, Horst

Köhler und Christian Wulff, die noch überhaupt kein Begräbnis bekommen haben. In Österreich werden die Bundespräsidenten samt Ehegattinnen seit 65 Jahren auf dem Wiener Zentralfriedhof gesammelt und sauber im Präsidentenmassengrab beigesetzt. Seit 1945 wurden sieben Bundespräsidenten dort untergebracht, ihre Namen hat man auf einem steinernen Rund vor der Luegerkirche vermerkt, welches inzwischen zur Hälfte von ihnen bedeckt wird – was, wenn man von der bisherigen Lebenserwartung österreichischer Bundespräsidenten auf die Zukunft schließt, genug Raum für den Amtsinhaber, Herrn Fischer, und sechs seiner Nachfolger plus Begleitung bietet; oder, in Jahren ausgedrückt, Platz bis 2069.

Ihr schlechtes Gewissen läßt die deutsche Friedhofsverwaltung an den Besuchern aus. Ihnen verbietet sie alles: Radfahren auf dem Friedhof ist nicht erlaubt, Essen gilt als pietätlos, Hunde sind verboten. Die Tore bei Nacht – geschlossen.[10] Rauchen – verpönt. Was die Toten nicht mehr können, sollen auch die Lebenden nicht mehr dürfen. Wer will sich in einer so freudlosen Umgebung begraben lassen? Niemand. Wer es sich leisten kann, fährt zur Beerdigung nach Österreich, und zwar seit Jahrhunderten. Die Komponisten Brahms,

10 Bleibt man zu lange auf dem Friedhof, kann man ihn durch eine Drehtür verlassen, die nur in eine Richtung benutzbar und ähnlich konstruiert ist wie das Drehkreuz im Supermarkt. Pfui.

Beethoven und Gluck, in Hamburg, Bonn und der Oberpfalz geboren, sind auf dem Wiener Zentralfriedhof geblieben. Friedrich Hebbel, ursprünglich aus dem nördlichstmöglichen Dithmarschen, liegt auf dem Evangelischen Friedhof Matzleinsdorf. Hans Pfitzner aus Frankfurt, Curd Jürgens aus München, Lotte Lehmann aus Brandenburg – sie alle haben nicht nur ihre letzten Lebensjahre in Österreich verbracht, sondern auch ihre bisherigen Todesjahre, genau wie Theo Lingen aus Hannover, Werner Krauß aus Coburg und Professor Billroth aus Rügen. Sie sterben dort, wo die Friedhofspolitik liberaler ist und man vom Totsein was versteht; wo die Friedhofsbesucher rauchen und radfahren dürfen, das Auto nehmen können oder, auf größeren Friedhöfen, den Bus; wo Käsebrote gegessen werden im Angesicht der Gräber, Zeitungen gelesen, Verabredungen getroffen, scheue Küsse getauscht und man den ersten Geschlechtsverkehr des Frühlings genießt.

Ein deutscher Friedhof ist ein lebensfeindlicher Ort. Verstehen kann ich das nicht – soll doch Paul Celan zufolge der Tod deutscher Meister sein. Warum erweisen sich dann gerade die Österreicher als Experten in Hinscheidefragen? Warum nicht die Deutschen, die viel lieber für ihre hohen Ideen sterben, für Gott, Kaiser, Führer, Volk, Vaterland, Sozialismus, deutsche Freiheit? Des Österreichers Verhältnis zum Tod ist ein leichtes, freundschaftliches. Wäre das richtige Sterben nicht eigentlich Angelegenheit der Deutschen, die so schwermütig sind, daß es sie lebendig ins Grab hinabzuziehen scheint? Und trotzdem kommen sie zu uns, leben und wirken in Deutschland, sterben und liegen in Wien, die Prominenten zumindest, in ihren publikumswirksamen Ehrengräbern.

Doch was passiert, wenn nicht mehr nur die Künstler, sondern auch ganz gewöhnliche Deutsche sich bei uns begraben lassen wollen? Wenn sie nicht nur zum Studieren, sondern auch zum Sterben nach Österreich kommen, nach unseren Universitäten auch unsere Friedhöfe überschwemmen? Reisebusse mit deutschen Senioren werden dann rollen, die, um sich das Geld für die Überführung zu sparen, ihre letzten Tage in Österreich verbringen, gierig über den Zentralfriedhof streunend, die einheimischen Gräber fest im Blick, um sie den Wiener Greisen wegzuschnappen ... Brauchen wir Deutschenquoten für unsere Friedhöfe? Oder wenigstens Aufnahmeprüfungen?

Man wird sich darüber Gedanken machen müssen. Denn deutsche Tote gehen, im Gegensatz zu deutschen Studenten, nicht wieder nach Hause – deutsche Tote bleiben da.

Mein Gedankengang bricht ab. Ich stehe vor einem frischen Grab, auf dem noch die Trauerkränze liegen. Der größte Trauerkranz trägt eine rotweißrote Schleife. Was machen die österreichischen Nationalfarben auf einem deutschen Grab? Ich trete näher. »Zum Andenken an Gräfin Sophie von Wetteraustein«, steht in goldnen Buchstaben auf der Schleife, und darunter in

Versalien: »ÖSTERREICHISCHE GESELLSCHAFT IN FRANKFURT«. Mich fröstelt plötzlich.

Was ist das, die »Österreichische Gesellschaft«? Gibt es außer mir andere Österreicher in Deutschland? Wie viele sind es? Und was machen sie hier? Ich fühle, wie etwas aus mir heraustritt; wie es sich erst in der Brust sammelt und dann Richtung Kopf quillt, um in der Luft zu zerstieben. Ist es meine Seele? Sterbe ich am Grab der Gräfin Wetteraustein? Reflexhaft fühle ich mir den Puls: Er schlägt schneller, doch er schlägt. Nein, nicht meine Seele ist entschwunden – es war meine Identität. So sehr bin ich daran gewöhnt, mich gegen die Deutschen zu definieren; was bleibt von mir, wenn ich wieder unter Österreichern bin? Was bin ich denn, außer undeutsch? Höflich? Das sind die anderen auch. Wendig? Sind die anderen auch. Gelassen? Morbide? Nationalistisch? Sind die anderen auch …

Und nun fallen sie mir bleischwer alle ein. Gerhard Zeiler, Hans Mahr, Helmut Thoma: erst *ORF*, dann *RTL*. Arabella Kiesbauer: erst *ORF*, dann *Pro7*. Daniel Kehlmann: früher Deuticke, heute Rowohlt. Sigrid Löffler: erst *Presse* und *Profil*, später Reich-Ranicki. Freddy Quinn: früher Niederfladnitz im Waldviertel, später Hamburg. Christoph Waltz: früher Wiener *Tatort*, heute Hollywoodnazi mit deutschem Reisepaß. Peter Löscher: früher Villach, heute Siemens. Wolfgang Mayrhuber: früher Waizenkirchen im Hausruckviertel, heute Lufthansa. Dr. Otto Habsburg: ehemals Schönbrunn, heute Pöcking am Starnberger See …

Stopp – Habsburg? Ich beuge mich noch einmal über das Grab. »Sophie Gräfin Wetteraustein«. Gräfin – Habsburg – Hochadel! Höchstadel! Liegt darin die Antwort? Besteht die »Österreichische Gesellschaft« aus aristokratischen Exilanten? Die in der Republik Österreich seit 1919 ihre Gräfinnentitel nicht mehr tragen durften und deswegen in Deutschland residieren? Nachdenkend lege ich den Kopf in den Nacken. Oben, am blauen deutschen Himmel, treiben die Wolken auseinander, unten fügt sich alles logisch zusammen: Die Existenz Deutschlands hat plötzlich Sinn, als Probebühne für ein neues österreichisches Kaiserreich. Hier, im Lande von Freiherr zu Guttenberg, Prinz Ernst August von Hannover und Fürstin Gloria von Thurn und Taxis, haben sich die habsburgischen Legitimisten gefunden, hier bereiten sie den Umsturz in Wien vor. Hier, in den Prunksälen der »Österreichischen Gesellschaft«, sitzen sie, hier treffen sie heimlich zusammen, um Dr. Habsburg auf den Thron zu bringen! Und auch die Rollenverteilung wird mir deutlich: Mayrhuber stellt ein Flugzeug der Lufthansa zur Verfügung. Zeiler, Mahr und Thoma verantworten die Umgestaltung des Österreichischen Rundfunks zum Reichsfunk. Sigrid Löffler tilgt habsburgfeindliche Tendenzen aus dem Werk von Karl Kraus und Robert Musil. Daniel Kehlmann schreibt das Drehbuch von *Sissi IV – die Rückkehr*, Hauptrolle: Arabella Kiesbauer …

Und ich? Welche Aufgabe kommt mir zu? Ich nehme Platz auf dem Grab der Gräfin Wetteraustein, denke scharf nach und zünde mir eine Virginia an. Ich bin in Frankfurt, der alten Krönungsstadt. Zepter und Krone des Hauses Habsburg muß ich hier nicht mehr suchen, die sind bereits in Wien. Was fehlt noch?

Ist es die Haydn-Hymne? *Gott erhalte Franz den Kaiser* haben ja die Deutschen für sich erobert, ihnen wurde es zu *Deutschland, Deutschland über alles.* Joseph Haydn hätte schlauer sein können, hätte er seine erste Zeile nicht mit h-fis-g enden lassen, sondern einfach mit g, der Text wäre gegen Mißbrauch geschützt gewesen, hätte vielleicht »Gott erhalte Kaiser Franz« gelautet, um eine Silbe verkürzt. Ohne diese eine Silbe geht es aber für die Deutschen nicht, sie sind darauf angewiesen: »Deutschland, Deutschland überall...«? (Das stimmt zwar, wenn man sich in Deutschland befindet, ist aber bloß eine Tatsachenbeschreibung.) »Deutschland, Deutschland, deutsches Land«? »Deutschland, Deutschland, links zwei drei«? Die Hymne ist fertigkomponiert, das ist nicht mehr zu ändern. Zu ändern ist aber, daß sie sich seit Jahrzehnten im falschen Land befindet, das heißt: Sie muß wieder nach Österreich, ich muß sie finden, unauffällig stehlen und aus Deutschland schaffen, zurück in die Hofburg ...

Oder ist mein Auftrag die Errettung von Kronprinz Otto selbst? Ist es der ehrwürdige, fast hundertjährige Dr. Otto Habsburg, den ich aus seiner Villa im Pöckinger Exil rauben muß, um ihn, in einen Teppich gewikkelt, schwimmend über den Starnberger See zu schaffen, wo ich ihn im Tiroler Ehrwald in die Eisenbahn

Richtung Wien setze, eine Eintrittskarte für Schloß Schönbrunn in der Hand …?

Ich stehe auf, streichle den Grabstein der Gräfin und entferne mich Richtung Südausgang, akzeptierend, daß mir mein geheimer Auftrag verborgen bleiben wird. Übrig bleibt die Erkenntnis: Ich bin nicht allein …

In der Nacht, vor dem Einschlafen, sehe ich die Mitausgewanderten vor mir. Statt Schafen zähle ich Österreicher. Sie ziehen an mir vorbei, Gesichter, die einander ähnlich sind, und auch mir sehen sie alle ein bißchen ähnlich. Nur gut, denke ich, daß die vielen, vielen Österreicher in Deutschland so beliebt sind. Lange finde ich keinen Schlaf …

Sehr geehrte/r Herr/Frau Abonnenten-Nr.
D-FFM-432-022!

Leider müssen wir Ihnen mitteilen, daß das Ableben unseres langjährigen Herausgebers Hans Dichand, sosehr Sie dieses auch persönlich bedauern mögen, kein hinreichender Grund ist, Ihr Abonnement zu stornieren. Außerdem muß die *Kronen Zeitung*-Familie gerade in diesen schweren Zeiten zusammenhalten.

Wir machen Sie höflich auf die geltenden Kündigungsfristen aufmerksam.

Hochachtungsvoll
Leserservice *Kronen Zeitung*

TRAUMKAPITEL

Ich bin Ausländerkind. Ausländer und das Kind von Ausländern. Äußerlich bin ich ihnen gleich, den Inländern, die sich selbst als DEUTSCHE bezeichnen – aber wenn ich den Mund aufmache, bin ich Ausländer.

Jugendlicher mit Migrationshintergrund. Einwanderer zweiter Generation. Seppl, Bergschwein, Schnitzelfresser. Nennt mich, wie ihr wollt.

Grad habe ich den Mund nicht aufgemacht. Vor der weißhaarigen kleinen Frau im Treppenhaus, zu dem mein Vater noch »Stiegenhaus« sagt, habe ich geschwiegen. Gemeinsam stiegen wir in den Fahrstuhl – mein Vater nennt ihn »Lift«. Dann begann sie zu erzählen, die kleine weißhaarige Frau. Daß sie gerade bei der Hausmeisterin gewesen sei im sechsten Stock. Daß sie sich über die Migranten beschwert habe. »Lauter Österreicher«, sagte sie und beugte sich vor, dorthin, wo sich einen halben Meter höher mein Ohr befindet. Ein Lärm sei das, sagte sie und schüttelte den Kopf, den ganzen Tag tobten die kleinen Österreicherkinder durchs Treppenhaus, den ganzen Tag brüllten sie herum, in ihrer schleimweichen Sprache mit den langgezogenen Selbstlauten. Wenn der Sohn der Familie im Hof sein Auto wasche, höre sie die Musikanlage bis zu ihrem Schlafzimmerfenster, stundenlang, ein schrecklicher Zither- und Ziehharmonikalärm und dazwischen Udo Jürgens. Schon um acht Uhr früh rieche das ganze Stockwerk nach Schnitzel.

Als wir aus dem Fahrstuhl treten, verabschiede ich mich von ihr: »Servus, grüß Gott und auf Wiederschaun«, sage ich. Sie hält sich vor Schreck am Briefkasten fest, den mein Vater immer noch »Postkastl« nennt.

*

Wir sind aus Brunn am Gebirge. Mein Urgroßvater war dort Gastwirt, mein Großvater zog nach Deutschland, als mein Vater noch ein Kind war. Ich kenne die alte Heimat nicht. Manchmal erzählt mir mein Großvater von Brunn am Gebirge; von den Wäldern erzählt er, von den Berggipfeln, die im roten Sonnenlicht schmelzen, von den steilen Almen und den dampfenden Wiesen, von den prächtigen Burgen und den glitzernden Boulevards, von den Fischerbooten, vom tiefen, grünen Meer und vom Gesang der Wale. Ich bin, sagt er, fünfundachtzig Jahre alt, doch die österreichische Heimat werde ich niemals vergessen. Und er tippt auf sein Herz.

Nennt mich Öhasver, den Ewigen Österreicher. Mein Großvater war Schnitzelhändler. Er machte Schnitzel, und die Deutschen aßen sie. Schnitzel mit Reis. Schnitzel mit grünem Salat. Schnitzel mit Pommes. Schnitzelsemmeln. Schnitzel rotweiß. Schnitzel Cordon bleu. Kinderschnitzel Pumuckl. Er zog mit seinen Schnitzeln durch Köln und durch Bonn, durch Kassel und Gießen und schließlich nach Frankfurt am Main. 1944 muß es gewesen sein, da traf eine Fliegerbombe seine Schnitzelbude, und er selber, der fahrende Schnitzelhändler, er traf meine Großmutter, die als Marketenderin mit der Wehrmacht zog. Sie heirateten und ließen sich nieder an der Paulskirche zu Frankfurt, und auf ihre neue Bude schrieben sie »Schnitz'lwirt« und darunter: »Zum Ewigen Österreicher«; und das steht noch heute drauf, da mein Vater die Bude betreibt.

*

Jeden Sonntag bin ich in der Kirche. Sie riecht nach Weihrauch. Wenn ich meine Finger beim Beten unters Kinn halte, riechen sie nach Zitrone. Meine Nase ist daran gewöhnt, manchmal bekomme ich Appetit, wenn ich den Weihrauch rieche, und manchmal wird mir katholisch beim Zitronenschneiden. Es kommt mir dann vor wie ein Sakrament, ich schneide die Zitrone, »der Leib Christi« murmelt mein Mund, wenn ich die Scheibe, ihr transparentes Fruchtfleisch prüfend, gegen das Licht halte, um sie schließlich auf dem ihr bestimmten Schnitzel niederzulegen. Seit ich ein Messer halten kann, habe ich jeden Sonntagmorgen Zitronen geschnitten. Zitronensaft ist in meine Augen gespritzt, wenn ich mit Kinderfingern Druck auf das stumpfe alte Messer ausgeübt habe. Duch einen Schleier von Zitronensaft habe ich Deutschland gesehen: ein saures Land, in dem man saure Tränen weint. Kennst du das Land, wo die Zitronen blühn? Nein. Ich kenne nur das, wo die Zitronen aufs Schnitzel gelegt werden, von mir, amen.

Drüben sitzt mein Großvater. Er schaut müde auf seine Hände. Vierzig Jahre »Schnitz'lwirt« haben sie rot und rissig gemacht. Eier, Mehl und Semmelbrösel haften an diesen Händen, Klumpen von Schnitzelpanier aus vierzig Jahren. Immer wieder haben ihn die Deutschen in seine Schnitzelküche geschickt und herausgerufen, im Sommer und im Winter, als würde ihnen die Bude gehören. Vierzig Jahre mußte er sich bücken, um ihnen die schweren Riesenschnitzelteller zu bringen, den Riesendeutschen; mußte sich ducken, wenn sie ihn mit Beilagentomaten bewarfen (»Paradeiser« nennt er sie) oder mit Gösserbierflaschen …

Vorn hat Pfarrer Vavradil zu predigen begonnen.

*

Das Licht schwappt großartig durchs Kirchenfenster, und Pfarrer Vavradil predigt. Er klingt aufgeregt. Wahrscheinlich ist die Polizei wieder bei ihm gewesen, denn: »Gebt der Polizei, was der Polizei ist«, ruft er, »und dem deutschen Staat, was des deutschen Staates ist – aber vergeßt nicht, daß über dem deutschen Staat noch etwas anderes steht: Gottes Himmelreich! Und zwar das Himmelreich des christlichen Gottes der heiligen katholischen Kirche!«

Er macht eine Pause, und ich sage ein Amen. »Der deutsche Staat, meine Brüder und Schwestern, ist ein protestantischer Staat!« ruft er, ohne mich gehört zu haben. »Die Sitten des deutschen Staates verrohen, sein Glaube ist lax geworden. Die Frauen laufen herum wie die Huren, die Kinder werden verderbt durch homosexuelle Eltern. Und wo Protestanten am Werk sind, da regiert das Geld, da züchtet der Kapitalismus seine Goldenen Kälber, daß man sich nicht wundern muß, wenn die Protestanten am 31. Oktober den Reformationstag feiern – und wir, die Österreicher, nur den Weltspartag. Ja, der Papst ist ein Deutscher, aber nur eine Minderheit der Deutschen bekennt sich zu ihm. Statt dessen laufen fünfundzwanzig Millionen Protestanten in Deutschland herum! Fünfundzwanzig Millionen, die sich ihr Christentum selbst zusammenschrauben! Fünfundzwanzig Millionen Päpste!«

Wir raunen beifällig, und Pfarrer Vavradil senkt die Stimme. Eigentlich, so erklärt er jetzt milde und legt die Hände zusammen, eigentlich seien die Protestanten zu bedauern. Wenn der Katholizismus dem Protestantismus eines voraushabe, dann den Beichtstuhl und damit die höhere Instanz, an die der katholische Christ sein Gewissen abtreten könne. Gott – der katholische Gott! – wende alles zum Besten, verzeihe alles, und seine Freude sei am größten über das verirrte Schäfchen, das zu ihm zurückkehre, egal, wie groß dessen Sünde sei, egal, ob es gleichmütig sei gegenüber dem Unrecht oder ob es sich im gerechten Zorn zu gewissen Dingen hinreißen lasse, etwa wenn es um den richtigen Glauben und die wahre Kirche gehe und um uneinsichtige

Häretiker, die dann schon einmal – leider! – eine aufs Maul bekommen könnten, selbst wenn sie Polizeiuniform –

»Gott verzeiht«, sagt Pfarrer Vavradil lächelnd, »auch dem überschäumenden, aufbrausenden Katholiken. Und was mir im Beichtstuhl anvertraut wird, das bleibt in meinem Herzen.«

*

Pfarrer Vavradil ist aus Mistelbach, und er predigt mistelbacherisch. Niemanden in der österreichischen Gemeinde stört das. Aber dann hat Pfarrer Vavradil eines Tages den Fehler gemacht, der Bildzeitung ein Interview zu geben. Er hatte gerade sein dreißigjähriges Priesterjubiläum, und im Scherz hat er es mit dem Dreißigjährigen Krieg verglichen, in dem es ein stetes Hin- und Herwogen gewesen sei zwischen den Papsttreuen und den Protestanten. Am nächsten Tag schrieb die Bildzeitung vom »Haßpfarrer aus Mistelbach«. Dann kam die Polizei, zum ersten Mal. »Pfarrer Vavradil«, hat sie zu ihm gesagt, »wir wollen dir nichts unterstellen, aber wir wissen nicht, was du in deiner katholischen Kirche treibst. Wir verstehen dich nicht! Wir wissen nicht, was du für Botschaften verbreitest! Müssen wir deine Mundart lernen? Oder predigst du in Zukunft auf hochdeutsch?« Pfarrer Vavradil ist standhaft geblieben. Er hat weiter mistelbacherisch gepredigt. Dann hat er den österreichischen Kulturverein überredet, seinen Kirchturm um drei Meter aufzustocken, damit ihn

Gott vom Himmel aus besser erkennen kann als den protestantischen Kirchturm daneben. »Herrschaftssymbol« und »Parallelgesellschaft« stand in der Zeitung, in Schlagzeilen, die uns ins Gesicht gesprungen sind. Plötzlich wurde an unserer Schule diskutiert, ob wir in der Pause Österreichisch sprechen durften.

Die österreichische Gemeinde hat zu Pfarrer Vavradil gehalten. Wir haben mit ihm vor dem Gottesdienst die korrekte Aussprache des Hochdeutschen geübt. Wenn sich heute ein Unbekannter in unsere Kirche verirrt, hört er kein Wort Dialekt.

Ich drehe mich. Da ist kein Unbekannter. Alle, die da sitzen, kenne ich. Lukas aus der Steiermark, Hubert aus dem Waldviertel, Mario aus Tirol. Die Steixners aus Feldkirch. Der alte Stasny aus Mattersburg im Burgenland. Die kropferte Sophie aus Linz. Professor Emily Decker aus Salzburg. Tiroler, Steirer, Vorarlberger, Wiener, alle sitzen sie in der Kirche; Niederösterreicher, Oberösterreicher, Salzburger, Burgenländer, alle durcheinander, hier die Männer, drüben die Frauen. Nur Kärntner gibt es nicht.

*

Das Kirchentor knarrt, Pfarrer Vavradil verstummt, gibt dann dem Organisten ein Zeichen und stimmt das Tantum ergo an, milde weht es durchs Kirchenschiff, bis er sieht, daß der Eintretende kein deutscher Polizist ist, sondern nur der Egger-Fritz aus dem Pinzgau, der verschlafen hat. Laut fällt der Egger-Fritz ins Tantum ergo ein. Pfarrer Vavradil unterbricht den Gesang, verärgert über die Unterbrechung seiner Predigt: Wer nicht mit Blindheit geschlagen sei, fängt er wieder an, der sehe genau, wer das gottgefälligere Leben führe – Protestanten oder Katholiken! Eine Aufweichung der katholischen Lehre führe zu Verwerfungen, wie sie in Deutschland alltäglich seien: Priester, die sich mit Weibern einlassen! Priester, die selber Weiber sind! Und natürlich färbe das auch auf die deutsche Jugend ab, so daß man am Jüngsten Tage sehen werde, ob es ein einziger von diesen fatalistischen, prädestinationsgläubigen Protestanten ins Himmelreich schaffe, mit seinem heillos überladenen Gewissen, das er nicht ein einziges Mal abgebeichtet habe …

*

Nachher stehen wir am Kirchplatz, blinzeln in die Mittagssonne und rauchen Memphis, Hubert, Mario, Lukas und ich. Abschwellende Orgelklänge schwemmen die Gemeinde aus der Kirche. Da kommen die Mädchen getrippelt, sittsam, mit roten Wangen und schweren Röcken, unter langen Wimpern kurze Blicke nach uns schickend. Wir schauen ihnen nach, und Mario wird rot, weil ihm Marlies mit zwei Fingern zuwinkt. Sie sind einander versprochen. Marlies' Großvater betreibt mit Marios Großvater einen Skilift im Stubaital. Es ist schon so: Die österreichischen Mädchen sind uns näher, sie teilen unsere Werte. Da hat Pfarrer Vavradil recht. Auch wenn er keine Ahnung von Sex hat. Der ist mit deutschen Mädchen weiß Gott einfacher, mit österreichischen ist er inniger. Warum? Sie begehren uns, doch sie schämen sich dafür. Und sie erwarten von uns, daß wir uns schämen. Gemeinsam genießen wir erst die süße Scham, dann die süße Lust und anschließend die süße Reue. Ja, die deutschen Mädchen sind schön anzuschauen in ihren kurzen Kleidern, mit ihren bemalten Lippen. Sie begehren uns, weil wir südländische Namen tragen, exotische Wörter benutzen und ihnen nach der Liebe Mehlspeisen backen. Doch für uns sind sie alle wie eine: auf Dauer öd. Weil uns Katholiken die Lust etwas Schmutziges ist, ist auch unser Sex schmutzig; nicht sauber und aufgeklärt wie bei den Protestanten, denen alles erlaubt ist und nichts ein Geheimnis.

*

»Hergehört, Männer!« sagt Hubert plötzlich und ascht auf Marios Schuh. »Wir haben heute ein Rendezvous.«

»Seppl! Mit wem?« fragt Mario, der sofort wieder rot wird.

Und Hubert antwortet mit einem Zauberspruch: »Repototschnigg. Woschnagg. Dolinschek. Pogatschigg.« Er überlegt. »Vielleicht Bleschnik-Kowatschitsch.«

»Wer?« fragt der etwas zu langsame Lukas.

»Die Kärntner«, sage ich.

»... die Scheißkärntner«, ergänzt Mario.

»Die Scheißnazikärntner«, sage ich – die Kärntner gelten als besonders heimatliebend –, und wir schaukeln uns gegenseitig hoch: »Haben noch nie eine Kirche von innen gesehen«, sagt Hubert. (Die Kärntner sind antiklerikal.) »Am liebsten wär mir, sie würden ihr blödes Scheißbundesland zusammenpacken und sich endlich schleichen«, sagt Mario. (Die Kärntner sind Separatisten.)

»Wieso haben wir ein Rendezvous mit ihnen?« fragt Lukas. Hubert nimmt einen Zug von seiner Memphis. »Paß auf. Ich gehe heute vormittag über den Römer. Der Vater von Repototschnigg hat dort seinen Verkaufsstand, wo er den Deutschen seine alten Punschkrapfen andreht. Kennt ihr ja. Repototschnigg selber steht meistens ums Eck und vercheckt seinen schwarzgebrannten Enzian. Da fällt er natürlich ungern auf; die Polizei hat ihn schon zweimal beschlagnahmt, seinen verdünnten Kindersaft.« Wir lachen. »Ich komme vom Dom und sehe, daß Repototschnigg am Römer steht. Von gegenüber nähert sich Kommissar Krupke. Als ich auf gleicher Höhe mit dem Kommissar bin, ist Repototschnigg ungefähr dreißig Meter von mir entfernt, und ich begrüße ihn: Hey, Repototschnigg, alter Nazi! Seppl, mehr hat er nicht gebraucht. Repototschnigg will auf mich losgehen, aber da tritt Krupke dazwischen: Na, na, na! Brechen hier ethnische Konflikte auf? sagt er. Müßten Sie doch gewohnt sein, sagt Repototschnigg, bei der Überfremdung hier in Frankfurt! Worauf er natürlich vom Kommissar kontrolliert wird.

Krupke nimmt ihm eine Flasche Enzian ab, dann will er ihn abführen, auf die Wache. Moment, und was ist mit meinem Kollegen? ruft plötzlich Repototschnigg und deutet auf mich. Ich versuche also, dem Kommissar klarzumachen, daß ich kein Schwarzbrenner bin, nicht einmal ein Kärntner; der Kommissar läßt mich und Repototschnigg verschiedene Wörter aussprechen, merkt aber keinen Unterschied im Dialekt – der Esel.« Hubert schiebt die Augenbrauen zusammen. »So. Wir kommen also beide auf die Wache. Zeugenaussage. Aufnahme der Personalien. Pädagogisches Gespräch. Strafbank. Nach drei Stunden läßt uns Krupke wieder raus. Draußen ist es schon finster, und ich sage zu Repototschnig: Daß du mich da reingeritten hast – das büßt du mir. Heute, um neun an der Konstablerwache. Und das, Männer, das ist unser Rendezvous.«

*

Die Deutschen sind schlimm; aber die Kärntner sind schlimmer. Die Kärntner sind Abspalter, sie bleiben immer unter sich, sogar in Deutschland. Obwohl sie sich selbst als Deutsche betrachten. Das machen sie, weil sie nicht mit ihren Nachbarn, den Slowenen, verwechselt werden wollen. Woschnagg, ein deutscher Kärntner. Dolinschek, ein deutscher Kärntner. Pogatschigg, ein deutscher Kärntner. Repototschnigg, ihr Anführer. Bleschnik-Kowatschitsch, ein deutscher Kärntner, der schlimmste und radikalste von allen. Hundertfünfzig Kilo schwer. Geistig zurückgeblieben. Enkel eines hochrangigen Funktionärs beim Kärntner Heimatdienst. Schwergewichtsboxer. Angeblich früher persönlicher Leibwächter von Jörg Haider und Kulturlandesrat in der Kärntner Landesregierung. Wenn Bleschnik-Kowatschitsch dabei ist, dann wird es hart. Sehr hart.

Heute nacht werden wir uns mit den Kärntnern tögeln[11]. Es ist acht Uhr fünfundvierzig, der Mond hängt im Fenstereck, und ich sitze auf dem Bett, bis Hubert den Spiegel freigibt. Hubert hat den Brustfleck mit den Hirschhornknöpfen und die Wachauer Seidenweste angezogen.

Für die Deutschen sehen wir alle gleich aus. Sie kennen keinen Unterschied zwischen Ausseer Tracht, Lodenmantel, Tiroleranzug und Salonsteirer. Wenn unsere Mädchen mit Dirndl und Goldhauben durch die Straßen gehen, ziehen sie verächtliche Blicke auf sich. Die Deutschen glauben, nur Katholiken tragen Tracht und daß wir unsere Mädchen aus religiösen Gründen zwingen würden, sich derart zu verhüllen. Sie wollen unseren Frauen verbieten, die Goldhaube zu tragen, wenn sie im öffentlichen Dienst arbeiten. Für einige Sekunden bin ich auf die Deutschen zornig, ehe mir einfällt, daß es heute ja gegen die Kärntner geht.

»… die Scheißkärntner!« sagt Hubert. Er tippt sich mit zwei Fingerspitzen Pomade in den Haaransatz und

11 »Tögeln«: sich fetzen. Jemanden verpleschen, wassern oder trickern. Sich gegenseitig ein paar kleschen, anrauchen, auflegen, tuschen, flacken, mitgeben, paschen, picken, panieren oder zünden.

beginnt stumm, sich in Rage zu steigern. Er dreht sich vor dem Spiegel, betrachtet sich von allen Seiten, seine Gelenke knacksen, und bei jeder neuen Pose wird seine Stirn düsterer und seine Wut größer.

Ich sehe an mir hinunter, streiche mit den Fingern über den Umlegkragen meines Pielachtaler Jankers, wie um mich selbst zu beruhigen, und taste mich vor bis zum Ärmel. Ich spüre etwas Kaltes. Unter dem Janker trage ich den stählernen Eispickel meines Urgroßvaters aus Brunn am Gebirge, ein 40 Zentimeter langes, silbern glitzerndes Kleinod, wunderschön und gefährlich wie der Reißzahn eines jungen Wolfes aus dem Safaripark Gänserndorf.

Hubert steht schon in der Tür. »Seppl, komm!« ruft er. Mir bleiben nur ein paar Minuten, um mich vor dem Spiegel fesch zu machen. Dann geht es hinaus in die deutsche Nacht. Es ist kalt. Hinter Hubert hergehend, betrachte ich den stählernen Himmel. Das Sternbild des Urgroßvaters ist heute nur schwach zu erkennen. Ich schicke ihm einen Gruß hinauf, ich, Öhasver, der Ewige Österreicher.

*

Die anderen lehnen schon vor der Konstablerwache und spucken auf den Boden. Lukas ist da, er spuckt Mario vor die Füße, während Mario zwischen seine eigenen Füße spuckt. Die mißbilligenden Blicke der Deutschen in ihren Wintermänteln … Wie Quecksilber steigt der Zorn in mir hoch, weg von Kärnten, steigt nach Norden, zu den Deutschen. Die Deutschen hassen es, wenn in ihrem Land ausgespuckt wird. Sie wollen ihre Städte trocken halten. Für uns aber ist es nicht nur Ausspucken. Wir gedenken unserer klaren blauen Seen, wenn wir kleine Teiche spucken. Wir meinen die Donau, wenn wir die Spucke zwischen unseren Füßen ins Kanalgitter rinnen lassen. Wir ehren die Gletscher, wenn uns die Spucke in den Mundwinkeln bleibt.

Wir begrüßen uns nach Bandentradition. Faust gegen Faust, einmal, zweimal. Händedruck, daß die Knöchel weiß hervortreten. Angedeuteter Handkuß, »en autriche«, dabei dürfen die Lippen die Hand nicht berühren. So haben es unsere Urväter in der Tanzschule Elmayer gelernt, so machen wir es heute noch. Mario nimmt seinen iPod aus den Ohren, um ihn abzuschalten, die Ouvertüre aus der Lustigen Witwe von Franz Lehár verklingt. Lukas wischt sich die Spucke vom Kinn. »Geht's los?« fragt er.

»Wir haben noch keinen Gegner, Seppl!« lacht Hubert mit weißen Zähnen; lauter als sonst, weil gerade zwei deutsche Mädchen vorbeigehen. Wie erwartet, drehen sie sich um. Hubert schlägt ein paarmal in die Luft, die Mädchen flüstern und gehen schneller. Hubert sieht ihnen nach und zieht die Stirn in Falten. Er wendet sich ab, man hört drei Fingerschnipser, und als er sich wieder umdreht, brennt eine Memphis in seiner Hand. »Habt ihr eure Waffen dabei?« fragt er und saugt am Filter. Ich lege die Hand auf meinen Eispickel. Mario läßt einen abgebrochenen Skistecken aus dem Ärmel gleiten und gleich wieder verschwinden. Lukas schwingt einen Kniestrumpf, Größe 39 bis 46, den er mit steirischer Heimaterde gefüllt hat.

»Gut«, sagt Hubert mit rauher Stimme. Er sieht sich um, während er spricht. »Es sind wahrscheinlich vier. Woschnagg, Repototschnigg, Dolinschek und Pogatschigg. Wenn sie feig sind, nehmen sie Bleschnik-Kowatschitsch mit.«

»Kowatschitsch?« wiederholt Mario.

»Ja. Du kannst ihn nicht übersehen. Hundertsiebzig Kilo schwer. Enkel des früheren Gauleiters von Klagenfurt. Mehrfacher Kärntner Schwergewichtsmeister, ehemaliger Stellvertreter von Jörg Haider. Wenn Bleschnik-Kowatschitsch dabei ist, dann wird es hart. Sehr hart.«

*

Hubert nimmt einen tiefen Zug von seiner Memphis. Mit einem Zischen leuchtet sie auf, dann brennt sich die Glut in den Filter. Hubert schnippt sie fort. Sie fliegt, dreht sich um sich selbst und landet im Matsch. Noch glimmt sie. Aber der dunkelbraune Kärntner Haferlschuh, vor dem sie gelandet ist – aufgeworfene Spitze, rechtwinklige Schaftkante, seitlich geschnürt –, hebt sich, gleitet zehn Zentimeter nach vorn und zertritt sie mit eisernen Schuhnägeln. Der Haferlschuh gehört Repototschnigg. Wie hingezaubert stehen die Kärntner da.

»... die Scheißkärntner!« ergänze ich leise. V.l.n.r.: Woschnagg, Repototschnigg, Dolinschek, Pogatschigg.

Vier gegen vier, das ist machbar. Fast automatisch stelle ich meine Beine auseinander und verschränke die Arme. Mario streckt die Brust vor, Lukas reibt sich die Handgelenke. Hubert zündet sich eine neue Memphis an. Er führt sie an die Lippen, raucht, legt den Kopf in den Nacken.

»Kalt heut nacht«, sagt er, dann raucht er weiter. »Riecht nach Schnee.« Rauchpause. »Und nach Slowenen.«

Woschnagg, Repototschnigg, Dolinschek und Pogatschigg treten gleichzeitig zwei Schritte näher. Woschnagg und Repototschnigg blicken sich an, desgleichen Dolinschek und Pogatschigg, dann macht Woschnagg noch einen weiteren Schritt nach vorn. Warnend streckt er die rechte Hand von sich.

»Du«, sagt er, »Restösterreicher! Ich würde an deiner Stelle nicht so laut herumschreien! Meine Freunde aus Deutschkärnten sind da empfindlich!«

Aus Hubert windet sich eine Rauchschraube, die steil in die Luft steigt. »Was sagt er? Ich hör immer deutsch! Will er Deutsch lernen?«

Pogatschigg zuckt hoch, Woschnagg und Dolinschek spannen ihre Armmuskeln an. Repototschnigg hebt die Hand, um sie zurückzuhalten, aber Woschnagg kann sich nicht bremsen: »Besser gut deutsch als schlecht österreichisch!« ruft er.

In einer gleichzeitigen Bewegung drehen wir uns auf unseren Absätzen, den Kärntnern entgegen. Mario, Lukas und ich formen die rechte Hand zur Faust und legen sie in die halbgeöffnete Linke. Zufrieden, daß Woschnaggs Provokation ankommt, tritt Repototschnigg noch einen Schritt näher. »Die österreichische Identität ist eine ideologische Mißgeburt!«

Hubert duckt sich, ohne zurückzuweichen. »Sagt wer?«

»Haider, du Yankee.«

»Haider?« Hubert zuckt mit den Schultern, wie ein Vogel, der abheben will. Repototschnigg steht jetzt vor ihm. Ihre Stirnen berühren einander fast. »Jörg Haider?« fragt Hubert noch einmal. »Meinst du den schwulen Landeshauptmann? Der jetzt tot ist?«

»Du schreist schon wieder so«, flüstert Repototschnigg. Beide erstarren, dann sehe ich, wie Hubert zu schwitzen beginnt. Er schwitzt auf Repototschniggs Stirn. Oder ist es Repototschnigg, der auf Huberts Stirn schwitzt?

»Sollen wir euch wienhörigen Zentralisten zeigen, was ein Wasserkopf ist?«

»Und sollen wir euch Separatisten mal zeigen, wo eine Abspaltung besonders weh tut?«

»Kommt nur her, ihr Kerzlfresser! Gleich werdet ihr rausfinden, wie die Auferstehung funktioniert!«

»Wartet lieber ab, ob ihr nicht bald eurem Landeshauptmann begegnet!«

Woschnagg, Dolinschek und Pogatschigg blicken herüber, das Kinn erhoben, als warteten sie auf ein Zeichen von Repototschnigg. Repototschnigg verharrt noch.

»Was ist?« fragt Hubert leise. »Glaubst du, wir haben Angst vor vier schwulen Slowenen?«

»Waldviertler!« flüstert Repototschnigg noch leiser. »Du machst zwei Fehler. Einen in Rassenkunde, einen in Mathematik. Wir sind Deutschkärntner. Und wir sind nicht vier. Wir sind fünf.« Woschnagg, Pogatschigg und Dolinschek, die eng beieinandergestanden sind, rücken auseinander. Hinter ihnen steht, so breit wie alle drei zusammen, Bleschnik-Kowatschitsch. Mir wird schwarz vor Augen. Zweihundert Kilo, denke ich, unüberwindlich wie die Karawanken, Weltmeister im Schwergewichtsboxen, dreifacher Gauleiter von Kärnten.

»Seppl«, flüstert Lukas.

*

Der Kampf verläuft fast wortlos, wie nach einer Choreographie. Ich benutze die Spitze meines Eispickels, mich um einen Laternenpfahl zu schwingen, trete Woschnagg von hinten in die Kniekehlen, der gerade damit beschäftigt ist, Lukas' Kopf gegen ebenjenen Laternenpfahl zu schlagen. An den benachbarten Laternenpfahl schlägt Pogatschiggs Kopf – unter den kundigen Griffen von Mario, der jetzt von Dolinschek bedrängt wird. Repototschnigg und Hubert verknäulen sich zwischen den Laternenpfählen, wobei Repototschnigg immer wieder versucht, Bleschnik-Kowatschitsch Befehle zuzurufen, »Los!«, »Drüben!«, »Hoppauf!«, die dieser mit großen Verzögerungen befolgt. Wer von uns zu Atem kommt, zischt den Gegnern ein »Kärntner!« oder »Restösterreicher!« entgegen, in immer kürzeren Abständen; zwei Straßenmusiker, die bisher an der Hauswand geschlafen haben, unterstützen das Gezische mit schnellen, abgesetzten Geigenstrichen.

Bleschnik-Kowatschitsch setzt sich nur schwer in Bewegung. Wenn er mit der Faust zum Schlag ausholt, hat man genug Zeit, davonzuflutschen. Es muß ihm vorkommen wie Fliegenverscheuchen. Eine Weile sieht es gut für uns aus, Bleschnik-Kowatschitsch wird müde, und Repototschnigg, dessen Befehle immer verzweifelter werden, bangt allmählich um seine schwergewichtige Geheimwaffe – die Geigen der Straßenmusiker werden schneller, greller, wir scheinen trotz unserer Unterzahl zu siegen, haben unsere Gegner beinahe an den Rand der Konstablerwache gedrängt, da besinnen sich die Kärntner plötzlich auf ihre Stärke: den Abwehrkampf. In die aussichtsloseste Lage gebracht, stoßen sie vor. Bleschnik-Kowatschitsch, dem wir uns bisher immer entwunden haben, bekommt Mario und Hubert zu fassen – er schlägt nicht einmal zu, er drückt sie mit ausgestreckten Armen zu Boden. Lukas wirft sich Repototschnigg entgegen, wird von Dolinschek und Pogatschigg festgehalten und für den gemächlich über Mario und Hubert rollenden Bleschnik-Kowatschitsch aufbewahrt.

Und ich? Ich bin allein.

Ich bin wieder allein!

Lieber Unbekannter,

Sie haben gestern den Frankfurter Hauptfriedhof besucht und sind am Grab der Sophie Gräfin Wetteraustein gesessen. Dort haben Sie relativ lange den Himmel beobachtet und dann eine Virginia geraucht – ein Verhalten, das sich mir erst erschlossen hat, als ich nach Ihrem Weggang (ich wollte vermeiden, daß Sie sich beobachtet fühlen) ans Grab getreten bin: Sie haben dort Ihren Führerschein zurückgelassen, und diesem entnehme ich, daß Sie kein Deutscher sind. Ein Deutscher hätte niemals auf einem Friedhof geraucht. Aber das wissen Sie selbst.

Bitte verzeihen Sie, daß ich Ihnen Ihren Führerschein nicht mit der Deutschen Post übermittle, sondern nur diesen Brief. Ich hege ein ausgeprägtes Mißtrauen gegen diese wie jede deutsche Institution. Am nächsten Samstag werde ich um zwölf Uhr im Café Sterntaler sein. Gerne gebe ich Ihnen dort Ihren Führerschein persönlich zurück und stehe auch nicht an, Sie für diese Verspätung auf einen Kaffee einzuladen. Sollten Sie nicht erscheinen können, werde ich nicht zögern, Ihnen den Führerschein trotz meiner persönlichen Vorbehalte per Post zu senden.

Herzliche Grüße
Maximiliane »Maxi« Wetteraustein

NEUNTES KAPITEL

Ein Brief, eine Verabredung, eine herrliche Nationalistin. Neunzig deutsche Bundesländer. Palatschinkenbestellungen als Gesten der Herablassung. Frankfurter Türme, Prager Fürze. Was das Schlimmste ist.

Ich bin wieder allein!

Das Ende des Traumes öffnet mir die Augen.

Die österreichische Parallelgesellschaft in Deutschland – verschwunden. Lukas, Mario, Hubert, die ganze katholische Blase – geplatzt. Es gibt keinen außer mir. Wen auch?

Gehe ich vor die Tür, sind lauter Deutsche draußen. Sehe ich aus dem Fenster: lauter Deutsche. Lauter Deutsche sind im Fernsehen und in der Zeitung. Und trotzdem hämmert mein Traum in mir weiter, seine Fetzen kreisen über meinem Bett. Mir ist, als witterte ich österreichisches Blut (es ist mein eigenes, das sich noch nicht beruhigt hat). Etwas treibt mich zum Aufstehen.

Die Bettdecke kriecht mir bis ins Vorzimmer nach (»bis in die Diele«, denke ich). Ich ziehe mich im Gehen an, erst die Hose, dann das Hemd. Socken finde ich nicht (»Strümpfe«, denke ich). Ich öffne die

Wohnungstür und hole den Lift (»den Fahrstuhl«). Während ich hinunterfahre und mein Hemd zuknöpfe, sammle ich mich. Sie scheinen mir heute näher zu sein als gestern, die anderen Österreicher in Deutschland. Irgendwo werde ich sie finden. Vielleicht muß ich zurück zum Hauptfriedhof und warten, bis die »Österreichische Gesellschaft« ihren Grabkranz wieder abholt. Vielleicht gibt es ein österreichisches Konsulat, wo ich österreichische Diplomaten finde, und zwar vorzügliche Diplomaten, denn nur die allerdiplomatischsten Österreicher können es längere Zeit unter Deutschen aushalten ... Vielleicht unterhält die Bank Austria eine Filiale in Frankfurt, ich könnte ins Bankenviertel gehen und den Blick einmal, anstatt ihn auf die Türme der Großbanken zu richten, senken, bis er auf einen unscheinbaren, einstöckigen Kleinturm fällt: den Bank-Austria-Tower ... Oder muß ich ins Reisebüro? Kann ich hoffen, daß nicht nur Deutsche ihren Urlaub in Tirol oder Salzburg buchen, sondern auch Auslandsösterreicher, die vergessen haben, wie es bei ihnen zu Hause aussieht, und sich darum auf den Weg ins Reisebüro machen?

Ich verlasse den Lift und schiebe im Vorbeigehen meine Hand in den Schlitz des Postkastens (»Briefkasten«). Ich ertaste Papier. Mit zwei Fingern ziehe ich ein Kuvert hervor.

Lieber Unbekannter ...

Und dann kenne ich mein Ziel.

An diesem Samstag bin ich um drei Viertel zwölf im Café Sterntaler und denke nach. Woran liegt es, daß ich in Deutschland bisher keine Frau kennengelernt habe? Und ich komme zu der Antwort: Es gibt zu viele davon, etwa 40 Millionen. In Österreich ist die Auswahl von vornherein begrenzt, in Österreich muß die Richtige unter den ersten drei oder vier sein, die man kennenlernt. In Deutschland warten dreißig, vierzig andere dahinter. Wer behauptet, er würde sich lieber durch vierzig Millionen Frauen wühlen als durch vier Millionen, der ist ein Prahler. Ein weiterer Nachteil der deutschen Frau: Der einzelnen Anwärterin läßt sich nur ein Zehntel der Zeit widmen. Wie soll man in einem so oberflächlichen Gespräch jemanden kennenlernen? Hätte die Natur es wenigstens so eingerichtet, daß die deutsche Frau auch zehnmal weniger komplex wäre und also zehnmal schneller kennengelernt werden könnte! (Aber wer wollte denn so uninteressante Frauen kennenlernen?)

Mein Blick hat sich an der Decke verloren, geht über die Wanduhr, auf der es inzwischen 12:02 Uhr ist, und dann weiter nach unten, ans andere Ende meines Kaffeehaustisches, wo sich ein hübsches, spitzes Gesicht befindet, mit Augen, Nase und leicht eingegrabenen Mundwinkeln, links und rechts Haarsträhnen …

»Fräulein Wetteraustein, nehme ich an?« Und sie ist es. Schnell bin ich wieder im Besitz meines Führerscheins, sie bestellt eine Melange, die sie routiniert

»Cappuccino« ausspricht, und wir unterhalten uns. Erst über den Friedhof, auf dem wir uns nicht getroffen haben, dann über ihre tote Großtante, die dort begraben liegt; bald über den Status des Auslandsösterreichers an sich. Das Fräulein Wetteraustein kommt mir vertraut vor. Zu vertraut? Während ich noch auf eine ihrer Fragen antworte, schließe ich wie nebenbei ein Auge: Ist sie – Marlies, Marios Verlobte? Kenne ich sie aus meinem Traum? Soll ich sie fragen, ob ihr Großvater Besitzer eines Skilifts im Stubaital ist ...?

»... und gerade wenn man glaubt, daß man das deutsche Wesen entschlüsselt hat«, erklärt sie, »stellt man fest, daß die Deutschen, die man kennt, auf gar keinen Fall mit anderen Deutschen verwechselt werden wollen. Sie glauben tatsächlich alle, sich voneinander zu unterscheiden! Haben Sie gewußt, wie viele verschiedene deutsche Bundesländer es gibt? Sechzehn! Aber wenn es Ihnen schon schwierig vorkommt, Baden-Holsteiner und Schleswig-Württemberger auseinanderzuhalten oder Niedersachsen und Sachsen und meinetwegen Sachsen-Anhaltiner, dann bedenken Sie einmal die österreichischen Verhältnisse. Der österreichische Föderalismus ist noch viel stärker ausgeprägt! Wir haben neun Bundesländer für acht Millionen Einwohner ...«

»... davon vier Millionen Frauen ...«, präzisiere ich.

»... und umgelegt auf Deutschland hieße das: neunzig Bundesländer! Erzählen Sie nur niemals den

Deutschen, auf wie viele Bundesländer sie Anspruch hätten.«

»Um Gottes willen!« entfährt es mir.

»Warum?«

»Ach – ein Denkfehler. Einen Moment habe ich gemeint, wenn die Anzahl der Bundesländer steigt, dann steigt auch die Anzahl der Deutschen.«

Fräulein Wetteraustein lächelt. »Das nicht. Trotzdem würden wir uns schwertun. Stellen Sie sich neunzig deutsche Bundesländer vor! Ich habe es durchgerechnet. Jedes Bundesland müßte sich noch einmal in fünf oder sechs Teile aufspalten. Sie müßten sich plötzlich nicht mehr nur mit Hessen abfinden – so unangenehm das bereits ist –, sondern, sagen wir: mit Hessen-Kasselern, Hessen-Darmstädtern, Wetterauern, Limburg-Weilburgern und mit Bewohnern des Freistaats Waldeck.«

»O Gott.«

»Und das Schlimmste ist: Sie bilden sich schon jetzt unglaublich viel ein auf ihre regionale Identität! Einer meiner deutschen Kollegen hat mir bei unserem ersten Gespräch erzählt, er sei aus Flensburg. Worauf ich, die ich Flensburg vage mit dem Norden assoziiert habe, höflich gesagt habe: Oh, wie schön, aus Mecklenburg-Vorpommern! Er ist erstarrt. Mecklenburg-Vorpommern! hat er gerufen – das ist doch in Ostdeutschland! Es genügt den Deutschen nicht einmal, sich in ihren Bundesländern voneinander zu unterscheiden, sie phantasieren sogar längst untergegangene Staaten wieder herbei, von denen sie sich abgrenzen wollen!«

»Schrecklichschrecklich«, sage ich und lausche fasziniert.

»Woher kommen Sie übrigens?«

»Wien«, sage ich automatisch, verbessere mich sofort: »Verzeihen Sie, das ist meine Standardantwort für deutsche Frager. Niederösterreich, Nähe St. Pölten. Und Sie?«

»Wien, achter Bezirk, Josefstadt, Josefstädter Straße. Eher gegen die Innenstadt zu. Bei uns im Haus wurde von den Josefstädtern Richtung Gürtel, so ab Hausnummer 90, immer gesagt, sie seien anders als die richtigen Josefstädter. Eher wie Ottakringer – vornehme Ottakringer selbstverständlich. Ich weiß nicht, ob Sie über solche Einzelheiten im Bilde sind?«

Sie, die einem Wiener ansehe, auf welcher Seite der Donau er zur Welt gekommen sei und wie viele Kilometer vom Stephansdom entfernt, sei blind für die Deutschen; vor ihrem Auge, so erzählt Fräulein Wetteraustein, verschmölzen West-, Nord-, Ost- und Süddeutsche zu einem einzigen gesamtdeutschen Einheitsgesicht. Ich rühre im Kaffee und betrachte sie verliebt von der Seite. Eine herrliche Nationalistin! Kleine Wonneschübe durchrieseln mich, wenn sie ausfällig wird; wenn sie mich, eines meiner Probleme mit den Einheimischen resümierend, tröstet: »Egal – es sind ja nur Deutsche!« (Zeichentrickdeutsche?) Dann bieten wir einander beinahe gleichzeitig das Du an. Wir lächeln und bestellen noch zwei Tassen Kaffee.

»Mich wundert ja, daß uns der Kellner noch keine Fremden an den Tisch gesetzt hat«, sage ich, als der Kaffee kommt.

»Das machen sie nur im Apfelweinlokal. Und auch nur in Hessen.«

»Tatsächlich? Ich habe das für typisch deutsch gehalten.«

Maxi sagt nichts.

»Da gibt man sich Mühe«, beeile ich mich festzustellen, »etwas über die Deutschen zu lernen, und dann verhalten sie sich erst wieder anders. Typisch.«

»Typisch deutsch«, sagt nun auch Maxi.

»Was ist denn für Sie – Pardon: Was ist denn für dich typisch deutsch?«

»Typisch deutsch?« fragt sie mit langen Vokalen und reibt sich mit der Fingerspitze einen Brösel aus dem Mundwinkel. »Typisch deutsch ist es, alles, was ich tue, typisch österreichisch zu finden. Am schlimmsten ist es dann, wenn ich mit meinen deutschen Kollegen essen gehe.« Sie nimmt die Speisekarte und hält sie illustrierend zwischen uns: »Der Kellner kommt, bringt uns die Speisekarte. Wir schlagen sie auf und wählen. Ein Kollege nach dem andern klappt die Karte zu, nur ich blättere und blättere. Obwohl ich genau weiß, was ich will. Seit ich mich niedergesetzt habe, habe ich einen unerklärlichen Appetit auf Palatschinken. Ich bestelle sie aber nicht. Warum nicht? Weil ich weiß: Wenn ich jetzt Palatschinken esse, dann werden die Kollegen sofort zu diskutieren beginnen: über das Verhältnis der

Österreicherin zur Palatschinke. Als erstes werden sie fragen, warum man Mehlspeis sagt anstatt Kuchen. Dann werden sie von ihren Wienbesuchen erzählen: Jeder von ihnen hat nämlich geglaubt, Palatschinken würden Schinken enthalten, und wenn einer erwähnt, er habe nach dem Palatschinkenessen das Sigmund-Freud-Museum besucht, werden sie anfangen, mit ihrem Eßbesteck mein Unterbewußtsein zu sezieren: daß die Vorliebe der Österreicherin für Palatschinken daher rührt, daß sie unbewußt wieder ein naschhaftes Kind sein wolle und die Palatschinkenmehlspeise, die ja wie alle Wiener Mehlspeisen aus Böhmen stamme, Erinnerungen an die Kindheit Österreichs beschwöre, als es noch mit Böhmen vereint und mächtig war, an die Zeit also, da die Österreicher den in Zwergstaaten zerfaserten Deutschen weitaus überlegen gewesen sind – daß also meine Palatschinkenbestellung eine heimliche Geste der Herablassung sei, ein Affront gegen meine sechs deutschen Kollegen, und sie werden keine Ruhe geben bis zum letzten Bissen. Und das Schlimmste daran ist, daß ich das gesamte Gespräch schon voraussehe, wenn wir das Restaurant gerade erst betreten haben, wodurch ich natürlich zwangsläufig an Palatschinken denken muß und erst recht Gusto darauf bekomme!«

»Österreicher ist man nicht, zum Österreicher wird man gemacht«, sage ich finster, und Maxi nickt so heftig, daß sich die an die Lippen gesetzte Kaffeetasse mitbewegt und Kaffee auf das Tischtuch patzt.

»Manchmal bekomme ich Heimweh«, sagt sie und schaut auf den Fleck.

»Und dann?«

»Dann setze ich mich ins Auto und fahre fünfzig, sechzig Kilometer in den Osten, nach Bayern. Bayern ist mein Österreichpark. Ich gehe in den Biergarten und versuche, nicht allzu genau auf den Dialekt der Kellnerin zu achten. Dann kann man ihn gut mit Österreichisch verwechseln. Am besten geht das übrigens, wenn man vorher im Auto die Musik laut aufdreht. Ich habe Boxen, die machen taub für jeden Dialekt. Und dann stelle ich mir im Biergarten vor, bei einem niederösterreichischen Heurigen zu sitzen. Das Schlimmste ist, daß ich schon so bescheiden geworden bin, mich manchmal einfach auf den Frankfurter Goetheplatz zu stellen.« Maxi zeigt aus dem Fenster. »Von dort aus sieht man die Hochhäuser aus der Nähe. Wenn die Sonne tief steht und man blinzelt, kann man sie mit ein bißchen Phantasie für Berge halten, die sich vor dem Abendhimmel abzeichnen.«

»Bist du denn schon einmal raufgeklettert auf so ein Hochhaus?«

»Ja, auf den Main-Tower. 200 Meter. 1090 Stiegen hat er, das ist auch für Anfänger geeignet, und der Aufstieg dauert mit gutem Schuhwerk höchstens drei Stunden. Im 53. Stockwerk ist eine Jausenstation. Kennst du den Commerzbankturm? Der ist sogar ein Zweihundertfünfziger. Hat bestimmt eine großartige Aussicht, ist aber leider für Tourengeher gesperrt.«

Unsere Plauderei geht in die dritte Stunde. Maxi hat noch keinmal auf die Uhr gesehen. Ich hingegen versenke mich befriedigt in den Anblick der Wanduhr hinter ihrem Kopf. Drei Stunden fünfzehn! Ich erzähle von meinem latenten Heimweh, das mich einmal in eine Kaffeerösterei gelockt hat – einzig wegen der Buchstabenfolge ÖSTEREI auf dem Firmenschild. Dann geht alles recht rasch, wir verabreden uns für einen gemeinsamen Ausflug, den wir mit Maxis Auto am nächsten Wochenende unternehmen wollen, und schon stehen wir vor der Tür des Kaffeehauses und reichen uns etwas förmlich die Hand.

»Alsdann – tschüs!« sagt Maxi.

»Auf Wiedersehen«, sage ich. Sie schlägt sich selbst mit der Linken auf den Mund. »Entschuldige bitte. An dieses blöde Tschüs gewöhnt man sich viel zu schnell.«

»Das Schlimmste«, sage ich, lächelnd ihre Hand haltend, »ist, daß unsere Sprachen einander so ähnlich sind. Dadurch kontaminieren sie sich gegenseitig.«

»Ja, wenn ich in Spanien auf der Straße stehe, hat es etwas wunderbar Befreiendes, die Spanier in meiner Sprache zu beschimpfen – die Deutschen würden das meiste davon verstehen.«

»Ich finde es auch am schönsten, von einer richtig fremden Sprache umgeben zu sein«, hole ich aus, während ich Maxis Hand nicht loslasse, »es gibt mir immer ein Gefühl völliger Sicherheit, nicht verstanden zu werden. Ich halte mich dann mit meinen Äußerungen überhaupt nicht zurück. Verbal und nonverbal.

Einmal, in Prag, war ich so durchdrungen von der Gewißheit, nicht verstanden zu werden, daß ich in einer Warteschlange laut gefurzt habe.«

Sie sieht verwirrt aus, ich lasse ihre Hand los, und zart rot anlaufend verabschiede ich mich: »Tschüs dann, bis Samstag!«

Unser lieber Bub!

Hab vielen Dank für Deine bisherigen Kapitel, die wir reihum mit Genuß und Belehrung gelesen haben. Am Sonntag war Familientreffen. Wir haben Dein Buch besprochen und finden alle, daß das zehnte Kapitel der ideale Abschluß wäre. Wie gerne würden wir immer weiter- und weiterlesen! Aber das Porto kommt Dich doch mit der Zeit recht teuer, und man muß auch auf jene Leser Rücksicht nehmen, die nicht mit der unerschöpflichen Geduld einer anteilnehmenden Familie gesegnet sind.

Derzeit liegen die Seiten bei Deiner Tante Elsa, die nicht zum Treffen kommen und deshalb nicht an der Abstimmung teilnehmen konnte. Bitte sende doch auch das letzte Kapitel an sie. Sie wird sich freuen. Und dann sende, möglichst bald, Dich selbst! Du bist schon so lange in Deutschland, daß wir bereits sehr gespannt darauf sind, zu hören, was Dir bei den Deutschen widerfahren ist.

Es grüßt Dich herzlich
Deine Verwandtschaft

ZEHNTES KAPITEL

Auf der Autobahn. Deutschland verschwindet – aber noch ist es da! Deutsche nicht verstehen. Die Todespolonaise. Finale mit Pauken und Trompeten.

»Ist das dein erster innerdeutscher Ausflug?«

Maxi sieht angestrengt auf die Kreuzung, schaltet in den Leerlauf, als ein Auto kommt, und schüttelt den Kopf.

»In Bayern bin ich oft, wie gesagt. Letztens war ich einmal in Köln.«

»Ist das weit?«

»Kommt darauf an. Wenn man an die österreichische Straßenkarte gewöhnt ist, dann ja. Ich habe die Städte auf der Deutschlandkarte gesehen, dort liegen sie drei Fingerbreit auseinander, ungefähr so wie Wien–St. Pölten. Entsprechend optimistisch bin ich losgefahren. Jetzt weiß ich: Für Wien–St. Pölten brauche ich fünfundvierzig Minuten, für Frankfurt–Köln zweieinhalb Stunden.«

»Dafür ist die Autobahn besser ausgebaut.«

»Ja, das Autobahnnetz ist so dicht, daß es praktisch alle Städte miteinander verbindet. Was aber auch bedeutet, daß man keinen Kilometer fahren kann, ohne auf die Autobahn zu kommen. Ich möchte behaupten:

Jeder Deutsche, der sein Auto nicht in der Garage stehen hat, hat es notgedrungen auf der Autobahn. Wodurch es dort natürlich sehr eng wird. Um mehr Platz zu schaffen, wird die Autobahn ständig ausgebaut. Man schlägt ein paar Bäume um, man reißt ein paar Gebäude ab, alles für die neue Trasse – aber unter den abgerissenen Gebäuden sind natürlich auch ein paar Garagen, in die man nun keine Autos mehr stellen kann. Also, wohin damit? Auf die Autobahn. Et cetera ad infinitum. Apropos, das da draußen ist die A3.«

Ich löse den Blick von Maxis Lippen und sehe auf die Straße. Drei graue Streifen entrollen sich zwischen uns und dem Horizont, darüber schwingen sich immer wieder Brücken, von rechts nach links, von links nach rechts, auf denen raupenlangsame Fahrräder dahinkriechen. Der Gedanke befriedigt mich, daß Deutschland in naher Zukunft ein einziges Geflecht von Autobahnen sein könnte. Es ist eine neuer nationaler Charakterzug, der mir da auffällt, und ein überraschend angenehmer: daß die Deutschen so rücksichtsvoll sind, ihr gesamtes Land diskret verschwinden zu lassen unter Beton und Bodenmarkierungen, so daß man irgendwann nicht mehr von Deutschland sprechen muß, sondern einfach von einer gut ausgebauten, sehr, sehr, sehr breiten Verbindungsstraße von Österreich nach Belgien oder von Frankreich nach Polen. Unter den Straßen schlummern München und Mainz und Frankfurt und Köln, hie und da ragt eine einzelne, denkmalgeschützte Kirche auf einer Verkehrsinsel empor, als Mahnmal oder als Halterung für ein Verkehrsschild (»Amsterdam 1200 Kilometer«), und die ehemaligen Münchner und Mainzer und Frankfurter und Kölner leben in Höhlen unter ihren Autobahnen, um sie emsig instand zu halten für die Österreicher, die nach Norden wollen, die Belgier, die nach Osten wollen, die Polen, die nach Westen wollen, die Dänen, die nach Süden wollen.

Ich lockere den Gurt und lehne mich zurück.

»Wohin fahren wir denn überhaupt?«

»Wohin du willst ... genug Auswahl haben wir ja.«

Wir überlegen ein bißchen hin und her, dann entschließen wir uns, an den Rhein zu fahren und auf die Loreley zu klettern.

Die Strecke zieht sich.

»Wir könnten ein Autospiel spielen«, sagt Maxi.

»Ja?«

»Wer errät, was als nächstes auf der Fahrbahn liegt, bekommt einen Punkt.«

Seit unserer Abfahrt hat der Radioverkehrsservice schon »einen Autoreifen«, »Pferde«, »ein Reh«, »eine Zeltplane« und »einen Schwan« gemeldet. Ich tippe auf Kühe, Maxi auf Enten. Drei Minuten später kommt die nächste Durchsage: »... bitten um erhöhte Vorsicht – eine Entenfamilie befindet sich auf der Fahrbahn!« Maxi nimmt die Faust vom Lenkrad und streckt sie wortlos in die Luft. Ein Punkt für sie.

»Ein Punkt für dich. Und jetzt?«

»Jetzt tippe ich auf Wildschweine.«

»Gut, ich bleibe bei meinen Kühen.«

Wir lauschen angestrengt, das Radio spielt Brunner & Brunner, anschließend ohne Unterbrechung David Garrett, danach wünscht uns Antenne Bayern eine gute Fahrt.

»Moment, wir sind doch gar nicht in Bayern. Laß uns umschalten«, sage ich.

»Warum das?«

»Weil es in Bayern bestimmt mehr Wildschweine gibt als in Hessen oder Rheinland-Pfalz.«

»Momentmoment, pst! Neue Durchsage!«

Der Verkehrsservice verspricht zwischen Würzburg und Nürnberg Matratzen auf der Fahrbahn, zwischen Ulm und Stuttgart einen Golfschläger.

»Ein Golfschläger? Wie soll man denn das erraten?«

Maxi denkt nach. Sie zieht ihre Unterlippe zwischen die Zähne.

»Neuer Tip«, verkündet sie.

»Auf?«

»Auf – Tennisschläger.«

»Gut, dann tippe ich auf ... auf ... ein Schlauchboot.«

»Warum denn auf ein Schlauchboot?«

»Das läßt sich gut auf dem Autodach transportieren, und es kann gut runterfallen. Langsamer als eine Kuh ist es auch.«

»Na dann.«

Schon kommt die nächste Durchsage: Bei Passau hat sich eine Kuh auf die Autobahn verirrt. Ich setze zu einer Siegesgeste an, da fällt mir ein, daß ich auf Schlauchboot umgeschwenkt bin. »Was liegt auf der Autobahn« scheint nicht mein Spiel zu sein. Ich überlege, ob ich irgend etwas unauffällig aus dem Fenster werfen kann, um bei der nächsten Durchsage einen Informationsvorsprung zu haben, dann lasse ich es lieber sein. Maxi bremst: eine Baustelle, unsere Spur endet, es geht nur noch stockend voran.

Eine Viertelstunde rollen wir dahin.

Maxi bricht das Schweigen: »Wir bitten um erhöhte Vorsicht, es befinden sich Autos auf der Fahrbahn.«

»Sollen wir die nächste Ausfahrt nehmen? Rüdesheim?«

»Okay, wir müssen eh tanken.«

Die Häuser neigen sich von links und rechts gegen die Straße. Zwischen ihnen spannen sich lange, buntbewimpelte Schnüre. Unter den Schnüren und den Wimpeln ballen sich Menschen, wir zwängen das Auto durch die Gasse, die sie bilden. Verkehrsschilder leiten uns um und um, im Schrittempo fahren wir zweimal durch die immer schmaler werdende Gasse, dann biegt Maxi beherzt in eine Einbahnstraße ab. Wir gelangen in die Altstadt, wo es auch keine Tankstelle gibt, und müssen auf dem Marktplatz vor einer Absperrung halten. Weil immer mehr Rüdesheimer unsere Weiterfahrt behindern, steigen wir aus, setzen uns an den vorletzten freien Tisch eines Lokals am Marktplatz und bestellen zwei Kaffee.

»Was da wohl los ist?«

»Stadtfest?« rät Maxi.

Die Leute drängen in immer größerer Zahl zur Absperrung. Wir betrachten den Kirchturm und das Rathaus; aus den Augenwinkeln versuchen wir natürlich trotzdem zu beobachten, was hinter der Absperrung los ist.

Unser Kaffee kommt. Der Kellner stellt zwei vibrierende Gläser vor uns auf den Tisch.

Ich zeige darauf, Maxi zieht die Hand zurück, als hätte sie sich verbrannt.

»Au! Heiß!« Sie hat sich verbrannt.

Ich tippe gegen das zitternde Glas: »Siehst du das?«

»Hörst du das?« fragt sie.

Dumpf und fern dröhnt es aus der Gasse hinter der Absperrung. Die Rüdesheimer, die zuvor träge über den Marktplatz gekrochen sind, werden lebendig, sie richten sich auf, winken in die Gasse hinein, applaudieren. Dann mischt sich ein Trommeln in das Dröhnen, ein präzises rhythmisches Trommeln, und aus der Gasse wälzt sich, eine Schneise in die Rüdesheimer schlagend und immer lauter werdend, ein Menschenwurm, jedes Glied ein Uniformierter in grüner Uniform, mit grünem Hut und einem Instrument in jeder Hand: Das eine macht Krach, das andere Lärm, und der Krachlärm schwillt an zu einem Tröten und Hupen und Grollen, zu einem Pfeifen und Schnaufen und Rattern, einem Klirren und Knarren und Schreien, als würde ein vollbesetzter ICE in eine Kronleuchterfabrik rasen.

Längst schwappt der Kaffee aus unseren Gläsern, längst wackelt der schmalfüßige Bistrotisch auf den bebenden Pflastersteinen.

»Was machen die da?« brülle ich Maxi ins Ohr.

Ich lese ihr das Wort »Parade« von den Lippen ab. Ich sehe ihre Hand in die Geldbörse greifen, sie legt einige Münzen auf den Tisch, und schon schieben wir uns durch die Feiernden zum Auto. Die Beifahrertür läßt sich gerade so weit öffnen, daß wir uns nacheinander hineinzwängen können. Hinter Maxi schlägt ein gewaltiges uniformiertes Hinterteil die Autotür zu, und weil ich mich auf dem Fahrersitz wiederfinde, ist es an mir, uns aus der Stadt zu bringen. Glücksverzerrte Gesichter, viel zu nahe an den Seitenfenstern. Ich hupe. Die Angehupten winken. Ich drehe die Scheibenwischanlage auf und spritze Frostschutzmittel in die Rüdesheimer. Der rechte Vorderreifen rumpelt über etwas Goldglänzendes, ein klagender Trompetenstoß erklingt; dann noch einmal, als auch der Hinterreifen darüber hinwegrollt. Endlich gibt uns die Deutschenmasse frei. Im Rückspiegel sehe ich, wie die Menschenwogen hinter dem Auto zusammenfließen, als hätte es nie eine Straße gegeben.

Maxi hält meinen Oberarm fest. Ich spüre ihr Kinn auf meiner Schulter. Als sie merkt, daß ich es gemerkt habe, läßt sie los.

»Was die wohl gefeiert haben?«

»Nichts«, sagt Maxi leise. »Wenn der Sommer kommt, dann feiern sie eben.«

»Und warum verkleiden sie sich?«

»Irgendeinen Anlaß finden sie immer. Turnerfest, Straßenfest, Stadtteilfest, Wäldchestag oder Napoleon-Umzug, irgend etwas fällt ihnen immer ein, um sich zu präsentieren. Irgend etwas, um auf sich aufmerksam zu machen, irgend etwas, um zu beweisen, daß sie noch existieren. Weißt du, sie sind wie Kinder mit ADS. Die Deutschen können sich einfach nicht still beschäftigen.«

»Und die Verkleidungen? Sie wollen auf sich aufmerksam machen und verstecken sich in Verkleidungen?«

»Das ist ein großes Rätsel.«

Ich wundere mich über die Begeisterung der Rüdesheimer: daß sie zu klatschen begonnen haben, als der Umzug sichtbar wurde, daß sie mitgetanzt, sich Arm in Arm eingehängt und wie Seehunde nach den Zuckerln geschnappt haben, die ihnen ins Gesicht geworfen wurden. In Wien bin ich ein einziges Mal Zeuge einer Parade geworden. Wie reserviert die Wiener am Rand gestanden sind; wie groß die plötzliche Freude war, als der hintere Teil des Umzugs zu schnell auf den vorderen aufschloß und die in der Mitte Marschierenden von vorn und von hinten zusammengequetscht wurden. Der Ruf »Schau! A Ziehharmonika!« klingt mir noch in den Ohren. Da war keine Spur von Mitgefühl mit den Marschierenden, kein Funken Lust, sich einzureihen; es schien Peinlichkeit gewesen zu sein, die die Zuschauer hingetrieben hatte; jeder zuschauende Wiener schien nur aus Pflichtbewußtsein dagewesen zu sein, stellvertretend für einen anderen Wiener, dem das Zuschauen noch peinlicher gewesen wäre.

Es könnte auch daran gelegen haben, daß es das Bundesheer war, das da marschiert ist.

Ich grüble zum Fenster hinaus, als mir Maxi an die Schulter tippt: »Wir brauchen wirklich dringend eine Tankstelle!« Der Zeiger der Benzinanzeige ist ins rote Eck gefallen, nächste Ausfahrt also: Kaub.

Aber wo ist Kaub? Bevor wir uns noch dem Ortsschild nähern, werden wir weggewiesen. Der Wegweiser sieht – von oben nach unten – so aus: roter Federbusch, Hut, Schnurrbart, goldene Epauletten, weißes Halsbeffchen, Litze, Orden, rote Seidenbrust, großblättrige Jackenaufschläge, Bauchgurt, Gürtelknauf, Pluderhose, ein schaukelnder Degen, Schaftstiefel.

»Seltsame Polizisten haben die in Kaub«, sage ich und ahne doch, was der Rotuniformierte darstellt: das Kauber Äquivalent zum Grünuniformierten, ein Rüdesheimer in Rot, sozusagen. Und hinter ihm werden bald andere Rotuniformierte losbrechen, schneller, als uns lieb ist, mit wippenden Federbüschen an den Hutkrempen, mit ratternden Pauken und schallenden Becken, hundertfach auf unser Auto zumarschierend, zu beiden Seiten mitklatschende Kauber anschleppend; vorneweg ein Tambourmajor, der als erstes seinen Fuß auf die Motorhaube setzt, splitternd stößt der Tambourstab durch die Windschutzscheibe, dann durchs Dach, bevor die Nachmarschierenden das Auto erklimmen und zertrampeln …

Durch das geöffnete Seitenfenster erklärt mir der wegweisende Rotuniformierte, daß wir in den nächsten Stunden leider nicht ins Stadtzentrum fahren können – da höre ich Maxis Stimme: »Was sagt er?« fragt sie, und sie spricht, ich nehme es mit Erstaunen wahr, Wiener Dialekt: »Wossogda?« Noch einmal beginnt der Mann zu erklären: »… findet wie jedes Jahr unser beliebtes Kauber Weintraubenfest statt, und da ist dann die Innenstadt gesperrt, tut mir leid«, auch er spricht, wenngleich zart, den hier üblichen Dialekt. Maxi nickt ihm zu: »Danke, wir sehen uns gern Ihre Innenstadt an!«, oder vielmehr: »Danke, Ihnainnanstodschaumaunsgeanaou!«

Der Deutsche runzelt den Schnurrbart: »Ja, wie gesagt, deshalb sperren wir unsere Altstadt, weil ja nämlich heute unser allseits beliebtes Kauber Weintraubenfest …« – doch Maxi hat mir etwas wie »Los! Fahr!« ins Ohr geschrien, so daß ich gar nicht anders kann, als dem Schnurrbärtigen mitten im Satz davonzufahren. Links und rechts wachsen die ersten Häuser aus dem Boden, und ich begreife, daß wir früher oder später die ersten marschierenden, uniformierten Kauber überfahren werden.

»So kommt man am besten mit den Deutschen zurecht«, erklärt Maxi, »wenn man nicht versteht, was sie sagen, muß man ihnen auch nicht Folge leisten, oder?

Und für ihre vielen, vielen schwerverständlichen Dialekte können wir ja nichts.«

Am Straßenende tauchen die ersten roten Marschierer auf, ich kupple runter und lehne mich zurück, doch da lockt mich eine Tankstelle auf der linken Straßenseite. Sanft kurble ich also das Lenkrad herum, sanft und unter einigem Gequietsche gleiten wir der Zapfsäule bis auf zwanzig Zentimeter entgegen. Ich springe aus und tanke voll. Als ich fertig bin, sitzt Maxi auf dem Fahrersitz. Ich setze mich neben sie. Bezahlt wird nicht. Aus der Tankstelle kommt ein Deutscher gelaufen und schreit uns etwas zu.

»Kannitverstan«, sagt Maxi lächelnd, tritt aufs Gaspedal und wirft im Wegfahren einen langen Blick in den Rückspiegel. Der Deutsche wird kleiner. Mein Oberschenkel bekommt einen herzlichen Schlag: »Nächster Halt Loreley!«

Die Loreley ist ein prachtvoller Aussichtspunkt. 1824 von Heinrich Heine bedichtet, von zahllosen Interpreten besungen, soll die über dem Rhein thronende Felsendame schon Hunderte Seefahrer das Leben gekostet haben, die sich ihr entzückt zugewandt haben und ihre Schiffe an den scharfen Riffen zerschellen ließen, beträgt doch die Engstelle am Loreleyfelsen nur einhundertdreizehn Meter und die Flußkrümmung fast 90 Grad. Das alles lese ich auf einer Informationstafel.

Die Aussicht ist tatsächlich hübsch; fast so hübsch wie die Aussicht in der niederösterreichischen Wachau. Drüben, auf der anderen Rheinseite, fahren Züge aus geziegelten Tunnels, ins Wasser ragt eine lange, bewaldete Halbinsel, und links und rechts im Flußufer stecken kleine Burgen.

»So eine herrliche Aussicht haben die hier gar nicht verdient«, stellen wir fest, um gleich darauf einzuräumen: »Herrlich? Herzeigbar. Klar, irgendwo in Deutschland muß es ja auch herzeigbare Stellen geben.«

»Ist ja auch gut zehnmal so groß«, schätze ich.

»Zehnmal?« fragt Maxi. »Du meinst, von Ländergrenze zu Ländergrenze. Überleg mal, wie flach Deutschland ist. Wenn man Österreich an den Rändern ergreifen und alle Berge glattziehen würde, dann bin ich mir nicht mehr sicher, welches Land das größere ist.«

Ich sehe nach unten. Ein Zug fährt aus dem Tunnel, drüben am anderen Ufer, und zum ersten Mal kommt mir ein bestimmter Gedanke: Wie sehen uns denn die Deutschen? Wie sehen die Deutschen Österreicher?

»Weißt du, was ich gerade versuche?« sage ich mit geschlossenen Augen.

»Was?«

»Ich versuche mir gerade vorzustellen, wie mich die Deutschen sehen. Als Österreicher, meine ich.«

»Hm.«

»Es fällt mir überraschend schwer. Etwa so, als würde ich mir vorstellen wollen, von einer Taube wahrgenommen zu werden oder von einem Seehund. Die erkennen mich bestimmt auch als ein irgendwie verwandtes Lebewesen. Sie können mich zwar nicht klassifizieren, und sie spüren vielleicht, daß ich ihnen überlegen bin, aber ...«

»Da gibt es einen Trick.«

»Und zwar?«

»Wie siehst *du* denn die Schweizer?«

Ich denke an Schweizer, und es wird mir sofort klar, was Maxi meint. Ein unwichtiges Volk, zu dem man nicht unbedingt eine Beziehung hat; selten genug denkt man an die Existenz dieses Volkes, und wenn man es tut, dann in Vorurteilen. Diese Vorurteile genügen einem auch – schließlich wird man einem Schweizer nie so nahekommen, daß er daran Anstoß nehmen könnte; und wenn doch, muß man den Vorurteilskatalog eben erweitern ... Ein Volk ohne Bedeutung, mit einer putzigen Politik, mit einem drolligen Nationalbewußtsein. Ein Volk, für das man sich interessieren kann, wie man sich etwa für Briefmarken interessiert. Ich werde zornig.

»So sehen uns die Deutschen?«

»Leider ja«, sagt Maxi. Sie hat nun ebenfalls die Augen geschlossen. Ich sehe das, weil meine wieder offen sind.

»Man müßte ihnen eine Lektion erteilen.«

»Man kann *Deutsche nicht verstehen* mit ihnen spielen.«

»Man müßte mehr tun.« Ich mache eine Faust. »An ihren Verkleidungsparaden, ihren Umzügen müßte man ansetzen! Den Moment ausnützen, da sie sich gleichschalten lassen. Man müßte sich in die allerprächtigste Uniform kleiden, in einen ihrer Umzüge einschleusen lassen und ihnen vorausmarschieren! Mit einer Uniform, die so überzeugend ist, daß sie gar nicht anders können, als ihr zu folgen, klatschend und lachend und singend – und sie darin in die Diaspora führen!«

»In die Diaspora?« wiederholt Maxi. »Aber welchem Land möchte man die Deutschen denn zumuten?«

»Du hast recht.« Ich fasse sie am Oberarm und mache eine Pause von mehreren Sekunden, ohne Maxi loszulassen. »Man muß sie loswerden. Sie an irgendeinen tiefen, mörderisch tödlichen Abgrund führen – und einfach weitermarschieren. Sich opfern, damit möglichst viele folgen.«

»Sekunde, dein oberster Hemdknopf ist zugegangen«, sagt Maxi und öffnet ihn.

»Danke – sie hier heraufloeken, zur Loreley! Und dann weitermarschieren – in der Luft weitermarschieren …« Ich schiebe ihre Hüften gegen das Geländer, um ihr den tödlichen Abgrund anschaulich zu machen.

»Die Vernichtung der Deutschen«, sagt sie, sehr nahe an meinem Ohr, und dann: »Hörst du das?« Was meint sie? Das leise Tschingderassa? Das Stampfen, das näher kommt? Ist es eine Musikkapelle, die das jährliche »Loreleyfest St. Goarshausen« begleitet oder den sommerlichen »Heinrich-Heine-Gedenk-Krawall« oder die neueröffneten »Rheingauer Felssturztage«?

»Und wie sie«, rede ich in Maxis Lippen, »im Fallen noch weiterspielen ...«

Einer von uns beiden muß damit angefangen haben, den anderen zu küssen.

»... und jedes Mal, wenn sie auf einen Felsen aufschlagen«, vernehme ich Maxis Stimme in meiner Mundhöhle, »dann hört man einen Ton außer der Reihe ... tröt ... tröt ...«

Das Stampfen und Krachen kommt näher. Ich schiebe Maxis Hinterteil auf das Geländer, um ein paar Zentimeter Abstand zu schaffen zwischen ihr und dem näher rollenden, dritten Umzug dieses Tages, aber es kann ihr nichts passieren, sie hält sich ja an mir fest, genauer: an meinem Hemd, das dabei aus dem Hosenbund rutscht.

»Hunderte Deutsche, die noch minutenlang ihren stürzenden Vormarschierern folgen«, raune ich.

»Sie werden ins Wasser stürzen und den Rhein verstopfen ...«, flüstert Maxi.

»Der ist an dieser Stelle nur einhundertdreizehn Meter breit.«

»Und ein Damm aus toten Deutschen wird die Schiffe zerschellen lassen ...«

»... die nicht mehr rechtzeitig beidrehen können, die Flußkrümmung beträgt hier fast 90 Grad!«

»Dann wird der Rhein über die Ufer treten, die Städte verschlingen ... und auf der anderen Seite des Leichendammes wird alles vertrocknen, verdursten ...«

Ich setze auch den zweiten Fuß aufs Geländer, Maxi lehnt sich zurück, um Platz zu machen. »Aber sie sind doch so pflichtbewußt«, gibt sie zu bedenken und zieht ihr Oberteil über den Kopf, »sie werden nicht sterben, bevor sie ihren Marsch nicht zu Ende gespielt haben.«

»Dann muß es eben ein Minutenmarsch sein.« Ich spreche inzwischen sehr laut, um das Schallen der Tschinellen und das Dröhnen der Pauken und das Rauschen des Rheins und das Knarzen im Geländer zu übertönen.

»Der Deutschenfänger vom Rheingau ...«, denke oder keuche ich, denn Maxi ist überraschend schwer und kaum festzuhalten; zum Glück wirft sie eben Ballast ab, ihren BH nämlich.

Noch einmal knirscht das Geländer laut auf –

»Das war ja sehr schön«, sagt Maxi später, und ich gebe ihr recht.

»Abgesehen davon, daß wir fast abgestürzt wären«, ergänze ich. Maxi tippt sich an die Stirn: »Sterben in Deutschland ...?«

Ich schließe die Augen und sehe die breiten Spazierwege des Wiener Zentralfriedhofs vor mir. Und dann drehe ich mich zu ihr, tippe mit zwei Fingern an ihre Locken und frage: »Sag mal, wann hast du deinen nächsten Urlaub ...?«

SCHLUSS. HEIMATURLAUB

Da ist der Bahnhof von St. Edmund-Gleishorstenau! Da ist das schindelgedeckte Bahnwärterhäuschen, da leuchtet der Alpensee, drüber spannt sich der Himmelsbogen, und die Sonne lacht, wenn die Wolken sie am Bauch kitzeln. Zwei fallen sich am Bahnsteig in die Arme, ich bin einer von ihnen. Links und rechts stürzen die Koffer in den Sommerstaub, und dazwischen wird geherzt, begrüßt, werden rote Wangen gekost und Tränen fortgestreichelt. Und dann fliegen die Fragen vom einen zum andern: »Geht's dir gut?« – »Ja! Und das Wetter?« – »Schön! Und die Reise?« – »Wie im Flug! Und die Kleine?« – »Im Hotel!« und so weiter, und dann lachen sie und fallen einander erneut um den Hals.

Später liegen sie in Schwimmhose und Badeanzug am See, und die Sonne steht immer noch mitten am Himmel wie festgeklebt. Da ist nun endlich Zeit, das Begrüßungsschwatzen vom Bahnsteig ins Profundere zu senken. Ernst leuchten ihre Wangen: »Wie lang bleibst du?« – »Laß uns nicht dran denken«, kommt die Replik, mit tapferer Stimme vorgebracht, aber nur deshalb tapfer, weil die köstliche Antwort lautet: Auf immer! Der Auslandseinsatz ist zu Ende, nie wieder muß ich fort! Ich bleibe bei euch, in der Tiroler

Sommerfrische erst und dann in der jungfamiliengeförderten Genossenschaftswohnung zu Wien! Doch noch will es verschwiegen sein, soll ihr später erst zur Überraschung werden. Statt dessen: »Erzähl von der Kleinen.« Sie schlägt die Augen nieder, ihre Wangen leuchten bescheiden: »Groß ist sie, war's auch schon bei der Niederkunft. Denk nur, heut ist es zwei Jahre her, daß sie empfangen wurde, oben auf der Loreley, und fünfzehn Monate genau, daß sie das Wiener Licht erblickte ...« – »Fünfzehn Monate! Wo ist sie? Ich will sie anschauen!« – »Hast Glück, eben kommt die Großmama mit dem Kinderwagen!« Da setzt es ein erneutes Umarmen, die ganze Schwiegermutter bebt vor Wiedersehensfreude. Dann übernimmt der Jungvater den Kinderwagen und beschaut die Einjährige. Die goldenen Locken, das rosige Näserl, die kleinen Fäuste. Das ist sein Kind, denkt er; sein und ihr Kind, im Rheingau gezeugt, an der Donau gesäugt. Das ist das Kind, das bleibt das Kind. Auf ewig! Kaum kann er's glauben, daß dies Kind die Zukunft ist und alles, was zählt.

»Stell dir vor! Heut hat's versucht zu sprechen, ehe es einschlief«, erzählt die Großmama der freudig aufleuchtenden Jungmutter. Der Vater aber schiebt den Kinderwagen ins Abseits, gegen den See zu. Eigentlich müßte man zurück ins Hotel: Der Wind geht um seine Füße, am Horizont wetterleuchtet's schon. Aber er hat noch einen Wunsch. »Sprich«, flüstert er und streckt dem Kind einen Finger entgegen. Das Mädchen schläft. »Sprich!« sagt er lauter, jäh schlägt das Kind die Augen auf. So helle Augen! Der Vater erblaßt. Verlegen tritt er zurück. Da sieht er am Fußende des Kinderwagens was Rundes, Weiches liegen. Eine Orange! Er nimmt sie: »Magst?« Das Kind streckt die Händchen aus und gluckst, geduldig schält der Vater die Frucht mit dem Daumennagel; zupft das Weiße von den Spalten, »eine Orange ist das!«, und wendet sie vor den großen hellen Augen hin und her: »Wie sagt man?« Der erste Regentropfen fällt. Jetzt formt das Kind die Lippen, Laute glitschen ihm im Mund und werden zu Speichelbläschen. Der Vater hält den Atem an: Ein Wort möchte er jetzt hören, irgendeins! Mutter und Schwiegermutter winken. Fast hat das Fruchtstück den Kindermund erreicht. Die Luft knistert, der Wind zerrt.

Und da ist das Wort. Ganz zart, mit hoher, kleiner Stimme:

»Affelsine!«

Es schnellt das Händchen vor, es packt das Kind die Orangenspalte mit gierigem Lachen, hält sie fest und zerklatscht sie zwischen den Händen, daß der Saft spritzt – und es lacht dabei, lacht laut –, und drüben, im Norden, nach Deutschland hin, wird der Himmel schwefelgelb – und der Vater am See totenbleich.

Originalausgabe
1. Auflage 2011

Umschlag: Max Bartholl, b3K, Hamburg – Frankfurt a. M.
Druck und Bindung: Bercker Graphischer Betrieb, Kevelaer
Printed in Germany 2011
ISBN 978-3-85535-826-7

www.atrium-verlag.com